In Liebe
für Barbara, Alexandra, Kai, Timon, Nele und Isabelle

„Das Miststück Neid ist das Schwert der Charaktereigenschaften und das schwarze Schaf des Bewusstseins.

Wenn man mit der Logik des eigenen Verstandes denkt und die Worte sparsam wählt, wird sich das geistige Fühlen ein festes zu Hause schaffen.

Wenn man für den Körper keinen festen Halt finden kann, und ein dazu innerer Raum fehlt - wenn der Geist zugefüllt ist mit Neigungen, Schwächen und Beziehungen, mit Ängsten und Wünschen, mit dem Verlangen nach Vergnügen, Macht und Status. Dann herrscht im Ichbewusstsein eine drangvolle Sehnsucht nach Befreiung.

Dietmar Dressel

Dietmar Dressel

Das Grauen in unserer Welt

Trilogie

Romanfolge im Bereich der Fantasy

Teil 3

Die Tränen unseres Ichbewusstseins

Fantasy Roman

Zum Roman

Im dritten Teil dieser Trilogie – „Die Tränen unseres Ichbewusstseins", lesen sie etwas über unser Denken und Handeln.

Jedes denkende körperliche Lebewesen der höheren geistigen Ordnung auf bewohnbaren Planeten, also auch die Menschen, bestimmen für sich selbst allein, was und wieviel sie besitzen wollen und wie sie sich entscheiden, denken und handeln, um das auch praktisch zu realisieren. Das geschieht aus freier Entscheidung und Willensbildung. Denn wie heißt es so zutreffend bei Jan J. Rousseau – „Die Freiheit des Menschen liegt nicht darin, dass er tun kann was er will, sondern, dass er nicht tun muss, was er nicht will." Wie recht er doch damit hat!

Keine politischen, wirtschaftlichen, sozialen und kulturellen Einflüsse, gleich welcher Art, werden das auf Dauer verhindern können – keine!

Das Ichbewusstsein mit all seinen Inhalten ist bereits in den kleinsten Bausteinen des Lebens enthalten und entwickelt sich, sobald zwei Eizellen zusammenkommen, damit ein neues körperliches und geistiges Leben entstehen kann .

Dem Autor gelingt es, trotz der schwierigen Thematik, glaubhaft und spannend eine fantastische Geschichte zu erzählen. Es werden möglicherweise auch viele neue Fragen auftreten, was der Autor so sicherlich auch beabsichtigt hat.

Bibliografische Information der Deutschen Nationalbibliothek.
Die Deutsche Nationalbibliothek verzeichnet diese Publikation in
der Deutschen Nationalbibliografie;
detaillierte bibliografische Daten sind im Internet über
http://dnb.d-nb.de abrufbar.

Copyright © 2016 Dietmar Dressel - Autor
Herstellung und Verlag: BoD - Books and Demand Norderstedt.
Alle Rechte vorbehalten. Das Werk darf - auch teilweise, nur mit
Genehmigung des Verlages wiedergegeben werden.
Gestaltung: Alexandra Dressel und Barbara Dressel
Layout: Kai Hintzer
Printed in Germany
ISBN 978-3-7392-3979-8

Teil 3

Die Tränen unseres Ichbewusstseins

Inhalt

Auf der Welt und noch nicht angekommen

7

Die Kraft aus der ich schöpfe

10

Das geistige Fühlen

17

Die gute und die böse Energie

24

Das Ichbewusstsein und das menschliche Gehirn

27

Denkprozesse und die Trauer

54

www.dietmardressel.de

Mehr Informationen unter
BoD Verlag
www.bod.de

Folgen Sie mir auf Twitter

Auf der Welt und noch nicht angekommen

Jener letzte Tag, vor dem du zurückschreckst, ist der Geburtstag der Ewigkeit.

Lucius Annaeus Seneca

Doch höre ich deine Rufe und fühle deinen Schmerz, wenn ich wie leblos in mir ruhe. Welcher Schmerz in diesem Leben voll Trübsal ist größer, als die nicht erfüllte Sehnsucht die weint und nicht ruhen will.

Dietmar Dressel

Im Blick auf den sternenverhangenen Himmel überschritt sie den Horizont der Nacht von einem Gefühl der Ungewissheit erfasst, ob wir nicht gleichzeitig auch in anderen Welten leben und nur nichts davon wissen, so wie ein Schlafender nichts von seinem grundsätzlich vorhandenem Bewusstsein weiß.

Gerald Dunkl

Sollte ich deine Gedanken richtig und für mich verständlich begreifen, bist du bereits aus deiner traumumwobenen geheimnisvollen Schlafwelt zurückgekehrt. Deine Überlegungen befassen sich ja bereits zielstrebig mit dem von dir angedeuteten Thema zur Philosophie des Bewusstseins, „ES". Entschuldige bitte, dass ich mich in deine Gedankenwelt einfühle, aber neugierig bin ich schon darauf, wohin uns dein Standpunkt zu dieser Thematik führen wird.

Und wenn wir schon in diese Problemstellung eintauchen, „ES", ohne dabei das Ichbewusstsein indirekt personifizieren zu wollen. Wie muss ich mir diese energetisch geistige Struktur eigentlich vorstellen? Nichts ist doch für uns Geistwesen und für viele denkende körperliche Lebewesen der höheren geistigen Ordnung ohne jeglichen Zweifel unbestreitbar wie die Tatsache, dass wir, ohne uns der eigenen Existenz wirklich bewusst zu sein, in unserem Ichbewusstsein wesenhaft leben. Allein schon das darüber „Nachdenken" zeigt uns doch die enge Verbundenheit zu dem was wir sind, denkende Wesen. Von einem bekannten Philosophen des Planeten Erde, René Descartes – stammt der wohl passendste Satz dazu – „Ich denke, also bin ich."

Das Denken geschieht auf der Basis physikalischer energetischer Voraussetzungen, und ist gefesselt im Energieerhaltungsgesetz. Es gibt dafür keinen Anfang und es kann dafür kein Ende geben. Auch der Anfang und das Ende eines komplexen kosmischen Ereignisses müssten ja, in konsequenter Weise überlegt, erst gedacht werden bevor das, was geschehen soll, oder sollte, auch geschehen kann. Das Denken ist der Ausgangspunkt und die Bedingung für alle sich vorstellbaren geistigen und materiellen, ablaufprozessualen Geschehnisse und Vorgänge.

Auf diese bestimmenden Aussagen bauen sich die Säulen der Philosophie für das Ichbewusstsein. In Zweifel zu ziehen wären möglicherweise nur die Eindrücke und Erfahrungen bei körperlich den-kenden Lebewesen der höheren geistigen Ordnung, die durch die operative Wahrnehmung ihrer Sinnesorgane erfasst werden. Sie dürften gegebenenfalls zu einer Täuschung, zu einer Gaukelei, oder zum Anblick einer schillernden Fata Morgana führen. Nicht selten hört man auf bewohnten Planeten den geflügelten Satz dazu: „Der äußere, auffällige blendende Schein ist nicht das wirkliche „Sein" von dem, der ihn zu Markte trägt".

Das Ichbewusstsein eines denkenden körperlichen Lebewesens oder eines Geistwesens hingegen bleibt ein Faktum, eine unverrückbare Wirklichkeit – denke ich jedenfalls. Soweit verstehe ich, wenigstens ansatzweise, die schwierige Problemstellung und kann mich durchaus hineinfühlen, „ES".“ „Sehr gut, liebe Estrie. Zurück zu deiner Frage bezüglich der energetischen Struktur des Ichbewusstseins? Wie muss man sich das als denkendes körperliches Lebewesen der höheren geistigen Ordnung vorstellen?"

Die Kraft aus der ich schöpfe

Die Energie kann mich nicht vernichten. Warum auch? Sie ist mein Lebenselixier.

Dietmar Dressel

Für uns Geistwesen ist das Ichbewusstsein ein energetisch geistiger Körper. Die Betonung liegt dabei auf geistig, ohne einem materiellen Bezug. Vergleichbar mit dem materiellen Körperbau von denkenden körperlichen Lebewesen der höheren geistigen Ordnung und von anderen materiellen Lebewesen, also Tiere und Pflanzen.

Ich denke, wir werden zu einem späteren Zeitpunkt nochmals intensiver darauf eingehen. Wenn ich die auf mich einströmenden gedanklichen Hilferufe richtig verstehe, sehnt sich unsere liebe Mutter Erde nach einem Wiedersehen mit uns, liebe Estrie. Wir sollten sie nicht unbedingt länger als notwendig darauf warten lassen." „Meinst du, „ES", dass sie den Untergang ihrer liebevollen Kuller mit Namen Erde befürchten müsste?" „Nein, das denke ich nicht. Die Erdoberfläche, mit ihrem einstmals blühenden Leben, ist nach den kriegerischen Auseinandersetzungen zwischen den Menschen, und nach der verheerenden Vernichtung ihrer eigenen Art mitsamt der Tier- und Pflanzenwelt, nur noch mit einer einfachen bakteriellen Welt besiedelt. Das dürfte vermutlich ziemlich langweilig für unsere Mutter Erde werden, liebe Estrie. Nein! Sterben wird sie deswegen nicht. Der Zeitpunkt ihres materiellen Untergangs liegt noch in weiter Ferne, wenn wir das Lebensalter eines Planeten zugrunde legen. Sollte sie zwischenzeitlich nicht von einem sehr großen Meteoriten ernsthaft getroffen werden, ist ihr Leben vorerst nicht bedroht.

Wirkliches Unheil nahen ihr von zwei kosmischen Ereignissen, die allerdings noch weit in der Zukunft auf sie lauern." „Du machst mich neugierig, „ES". Ich wüsste im Moment nicht, auf was du hinaus willst." „Kein Problem, liebe Estrie, lass es dir kurz erklären."

Das Sonnensystem, in der sich diese kleine Kuller mit Namen Erde aufhält und ihre kosmische Heimat gefunden hat, wird durch das Erlöschen seiner Sonne in einer gewaltigen Explosion zerstört. Die Erde kann das ganz sicher nicht überleben. Das wird allerdings erst in zirka vier Milliarden Jahren geschehen. Wenn ich vom Zeitverständnis der ehemaligen Erdbewohner ausgehe. Sollte dieses Ereignis erst zu einem wesentlich späteren Zeitpunkt eintreten, wird das Sonnensystem durch ein anderes, übergeordnetes kosmisches Phänomen vollständig zerstört. Das geschieht voraussichtlich in knapp vier Milliarden Jahren durch eine selten auftretende kosmische Kollision von zwei Galaxien. Der Milchstraße, also der Galaxis in der sich das Sonnensystem mit dem Planeten Erde bewegt und der noch relativ weit entfernten, wunderbar anzusehenden Andromeda-Galaxie, die permanent mit vierhunderttausend Kilometer pro Stunde auf die Milchstraße zurast. Wieder das Zeitverständnis der Menschen vom Planeten Erde zugrunde gelegt. Damit ist das Schicksal des Planeten Erde endgültig besiegelt. Dieser Prozess ist nicht umkehrbar. Durch den Zusammenprall dieser beiden gewaltigen Sternensysteme wird voraussichtlich eine neue große Galaxis entstehen. Da wir Geistwesen ewig leben werden, können wir dieses Ereignis miterleben, so wir möchten, liebe Estrie.

Es existierten auf der Erde, bevor sich die Menschheit selbst vernichtete, auch so genannte religiöse Glaubensgemeinschaften mit ihren Obergurus, also ihren Anführern, die einen besonderen Bezug zu so genannten Göttern pflegten. Das sollten allgewaltige göttliche Wesen sein, die in geheimnisumwobenen himmlischen Reichen ihren angeblichen Wohnsitz hatten – richtig hatten! Für sie war die Erde der Nabel des gesamten Universums – der materiellen kosmischen Welt gewesen, eben gewesen. Da sie, also die Menschen und ihre Obergurus sich selbst vernichteten, ohne, wohlgemerkt ohne ihren himmlischen Gott um Erlaubnis dafür zu fragen, ob sie das überhaupt dürfen, werden sie allerdings nicht mehr erleben können, wie das mit dem Nabel der Erde und ihren Göttern eigentlich gemeint sei – gemeint sein könnte. Ja gut, so verläuft halt auf einigen bewohnten Planeten im materiellen Universum das Leben von denkenden körperlichen Lebewesen der höheren geistigen Ordnung. Besonders bei solchen Bevölkerungen, also die mit der göttlichen Hinwendung, hört man gelegentlich den deutungsgewichtigen Satz - „Des Menschen Wille ist sein Himmelreich"! Dabei liegt die Betonung nicht auf „dem" Himmelreich, sondern auf „sein" Himmelreich. Wenn es schon so ein Reich geben sollte, dann das des Menschen, versteht sich! Ist so ein geheimnisvoller, göttlicher Himmelsraum erstmal erdacht und geistig für die Öffentlichkeit transformiert, ist das erdichten solcher göttlicher Figuren eigentlich nur noch eine Kleinigkeit. Auf das kommt es ja auch nicht an. Ausschlaggebend ist vielmehr das zu formulierende Anforderungsprofil für so eine Gottheit. Also, für was soll er eigentlich gebraucht werden? Was sollte der Zweck seiner machtvollen Existenz faktisch sein? Das ist in solchen Glaubensgemeinschaften das eigentliche Zünglein an der Waage des Geschehens. Aber genug davon, liebe Estrie! Über das Thema wollen wir ja nicht diskutieren."

„Nach und nach wird mir bewusst, „ES", dass uns das rein geistige Leben eine faszinierende Daseinsweise und verschiedene Daseinsformen im materiellen Universum offenbart und die Existenz als denkende körperliche Zweibeiner doch sehr unscheinbar erscheinen lässt"

„Stimmt schon, liebe Estrie. Jedenfalls auf den ersten Blick. Die relativ kurze Zeitspanne des Lebens, die körperlich denkenden Lebewesen der höheren geistigen Ordnung zur Verfügung steht, soll ja einen anderen Zweck erfüllen, aber darüber haben wir beide ja schon ausführlich diskutiert. Wieder zurück zum Hilferuf unserer lieben Mutter Erde. Sie fühlt ja in völlig anderen Dimensionen. Anders ausgedrückt! Damit meine ich das kosmische Fühlen – also das mentale Empfinden. Nicht in Zusammenhang zu bringen mit dem metaphorischen, also mit dem Fühlen von bildlich übertragenen Bedeutungen. Oder mit dem metaphysischen Fühlen, also mit der Fähigkeit für übersinnliche oder transzendente Sinneswahrnehmungen. Das kosmische Fühlen, erfasst das materielle und das geistige Leben mit den energetischen Strukturen ihres Bewusst-seins und nicht wie alle körperlichen Lebewesen mit ihren Sinnesorganen und ihren Rezeptoren. Sie, also diese körperlichen Lebewesen, damit meine ich alle Pflanzen, Tiere und die körperlich den-kenden Lebewesen der höheren geistigen Ordnung, werden, so sie wollen, das kosmische Fühlen während ihres körperlichen Lebens auf einem bewohnbaren Planeten erfahren und in sich aufnehmen. Das geistige Fühlen ist die Kommunikationsgrundlage für das Ichbewusstsein mit sich selbst und mit der gesamten Gedankenwelt von körperlichen Lebewesen.

Auf der Grundlage der Logik - als der Wissenschaft des folgerichtigen Denkens, nach der Ethik - als der Wissenschaft des rechten Handelns und auf der Grundlage der Metaphysik, als der Wissenschaft der ersten Gründe des Seins und der Wirklichkeit, werden sowohl die körperlichen als auch die geistigen Lebewesen der Suche nach den richtigen Fragen, um die sie sich bemühen sollten, mental ein Stück näher rücken, liebe Estrie, ich bin davon fest überzeugt." „Wenn ich dich richtig verstehe, „ES", besteht ein ganz entscheidender Unterschied zwischen dem körperlichen Fühlen über die Sinnesorgane und Rezeptoren und andererseits das bewusste mentale Fühlen, wenn ich das mal so bezeichnen darf. Soweit verstehe ich das schon. Was mir schwer fällt nachzuvollziehen wäre, worin der Unterschied bestehen sollte? Könntest du bitte meinem Gedächtnis etwas nachhelfen." „Tue ich gern liebe Estrie."

„Du erinnerst dich bestimmt noch an unser gemeinsames Gespräch auf der Venus, deinem Heimatplanet für die Zeit deines körperlichen Lebens." „Aber ja, "ES". Wie könnte ich das jemals vergessen. Es hat mein Denken in entscheidender Weise verändert und nachhaltig geprägt."

„Viele denkende körperliche Lebewesen der höheren geistigen Ordnung auf den verschiedenen bewohnbaren Planeten, liebe Estrie, beurteilen das Ichbewusstsein als einen Bestandteil des Gehirns, also dem Denkzentrum dieser Spezies. Das, um alle direkten und indirekten, ablaufprozessualen Prozesse des gesamten Denkens zu bilden, abzuwickeln und zu speichern, lebende biologische Strukturen benötigen würde. So betrachtet, wäre es grundsätzlich überhaupt nicht möglich, dass es außerhalb eines lebenden und denkenden Körpers nachhaltig existent sei. Das bereits messtechnische Erfassen von denkbezogenen Prozessen außerhalb von biologischer Masse, das bei vielen Völkern auf bewohnten Planeten noch in den berühmten Kinderschuhen steckt beweist allerdings, dass das Denken sich unabhängig von biologischer Masse vollzieht.

Darin besteht der eigentliche Irrtum solcher Annahmen. Die organische Struktur eines Gehirns, als auch seine gesamte biologisch geprägte Leitungsstruktur, also auch die Nervenbahnen und Nervenzellen für alle Bereiche des Körpers von denkenden körperlichen Lebewesen, dienen einzig und allein der Aufnahme und der Organisation von Reizimpulsen der Sinnesorgane und dienen der Leitfähigkeit und Übertragungsfähigkeit von energetischen Impulsen, damit sie ihren Weg dorthin finden, wo sie gebraucht werden. Bei Maschinen und anderen technischen Einrichtungen werden dafür digitale und analoge Leitungssysteme und Leitungsnetze verwendet, weil sich dafür lebende biologische Masse schlecht eignen würde.

Was sich im Kopf, also im Denkzentrum von denkenden körperlichen Lebewesen vollzieht, übrigens auch bei allen anderen denkenden Lebewesen auf bewohnbaren Planeten, und ebenfalls partiell eingeschränkt bei vielen Tieren und Pflanzen mental abwickelt und organisiert, kann man annäherungsweise beispielhaft vergleichen mit einem kompakten Arbeitsspeicher eines modernen Hochleistungscomputers. Mag sein, dass mein Vergleich mit einem digitalen System etwas hinkt, das weiß ich natürlich auch. Dass haben Vergleiche meistens so an sich. Im Kern der Sache kommt er allerdings der Fragestellung angepasst sehr nahe. Der Unterschied zwischen der Arbeitsweise eines Computers und den zu einem biologischen Denkzentrum ist nicht so groß, wie man auf den ersten Blick gegebenenfalls meinen mag. Mit Hilfe seiner peripheren, technischen Erfassungs- und Ausgabegeräte, mit seinen gesamten Anwendungsprogrammen, der technischen Hardware und der Energieversorgung leistet ein Hochleistungscomputer die umfassende Verarbeitung des Gedankengutes von denkenden körperlichen Lebewesen, organisiert es und sorgt für die komplexe Verwaltung und Speicherung des gesamten Datenvolumens.

Nicht wesentlich anders arbeitet das Gehirn von körperlich denkenden Lebewesen. Es benötigt Erfassungs- und Ausgabeorgane. Dafür sind die Sinnesorgane und Rezeptoren zuständig. Leicht verständlich und nachvollziehbar, wenn man bedenkt, welche geistigen Beeinträchtigungen bei dieser Spezies – Tiere und Pflanzen mit einbezogen - entstehen, sollten sie – nur so als Beispiel - ihre Sinnesorgane verlieren. Die Wahrnehmung ihrer unmittelbaren Umwelt und der sozialen Kommunikation wären in solchen Situationen nicht mehr möglich.

Liebe Estrie, du verstehst doch wie ich das meine, ich muss da ja nicht näher darauf eingehen, oder, was meinst du dazu?" „Nein, „ES", das musst du nicht. Gerade bei uns Geistwesen ist das mentale Hineinfühlen in die Gedankenwelt des anderen, wie das gefühlvolle Hineintasten in sein Ichbewusstsein. Dieses mentale Fühlen sagt uns oft mehr, als viele Worte, Erklärungen und Gesten.

Wieder zurück zu deinem Vergleich zwischen dem Denkzentrum von körperlichen Lebewesen und - ich sage bewusst - einem „leblosen Computer".

Gibt es denn zwischen diesen beiden „Datenzentren" wirklich keinen gravierenden, lebensrelevanten Unterschied, "ES"?" „Den gibt es schon, liebe Estrie". Eine der wesentlichen Fähigkeiten von denkenden körperlichen Lebewesen besitzt der Computer nicht." „Entschuldige, bitte „ES", dass ich dich unterbreche, ich weiß natürlich nicht was dem Computer fehlt, aber ich hoffe doch, dass es etwas ist, was dieses technisch geprägte Gerät von der von mir genannten Spezies in signifikanter Weise unterscheidet, damit sie Lebewesen nicht gleich kommen können, oder gar ersetzen wollen, ich hoffe jedenfalls, dass das möglichst vermieden wird." „Deine Gedanken dazu, liebe Estrie, sind nicht ohne Hoffnung, keine Sorge, ich erkläre dir das.

Bei vielen denkenden körperlichen Lebewesen, je nach Entwicklungsstand ihres Denkens und Handelns, bildet sich ein sechster Sinn heraus - die Befähigung zum geistigen Fühlen! Eine besonders wichtige Gabe bei allen denkenden körperlichen Lebewesen, die sich in einer engen geistigen Kommunikation zwischen dem Denkzentrum einerseits und dem Ichbewusstsein als solches andererseits entwickeln kann, und die technisch, so die einhellige Meinung von Wissenschaftlern bei denkenden körperlichen Lebewesen der höheren geistigen Ordnung, nicht nachzubilden sein wird, ist das geistige „Fühlen"." „Warum sollte das so sein, „ES"?" „Lass dir das kurz erklären, liebe Estrie."

Das geistige Fühlen

Mit dem geistigen Fühlen zu denken und danach zu handeln, führt zum rechten Weg für alle denkenden körperlichen Lebewesen der höheren geistigen Ordnung.

Dietmar Dressel

In der Zeit des Erkennens und Fühlens äußerer Zustände und ihre Einflussnahme auf die Herausbildung der unterschiedlichen Charaktereigenschaften, entwickelt sich im Ichbewusstsein bei körperlich denkenden Lebewesen das – „innere geistige Fühlen" - das über die Grenzen des täglichen Lebens auf einem bewohnbaren Planeten weit hinausgeht. Man könnte es auch als den kosmischen sechsten Sinn bezeichnen. Die Herausbildung dieser kosmischen, geistigen Fähigkeit ist ein entscheidender Schritt für den Weg in die geistige Welt, die körperlich denkende Lebewesen der höheren geistigen Ordnung einmal nach ihrem körperlichen Tod gehen werden. Dieser kosmische Sinn des geistigen Fühlens wird die spirituelle Verbindung zu den geistigen Wesen im Universum der Vernunft und der Liebe ermöglichen. Das Fühlen der Gedanken, der Seele und das tiefe Hineinhören in das Ichbewusstsein, ist dabei unerlässlich. Das innere Reifen des Fühlens entsteht nicht allein durch das intensive spirituelle Bemühen mit sich selbst. Auch die ständige Konfrontation an jedes körperlich denkende Lebewesen, Entscheidungen für das eigene Handeln selbst zu treffen, die Verantwortung dafür grundsätzlich zu übernehmen und sie nicht anderen zu überlassen trägt dazu bei, seinen eigenen Weg zu finden.

Wenn man mit der Logik des eigenen Verstandes denkt und die Worte sparsam wählt, wird sich das geistige „Fühlen" auch ein festes zu Hause schaffen können.

Hecheln hingegen körperlich denkende Lebewesen der höheren geistigen Ordnung unverdrossen bestimmten Charaktereigenschaften nach, wie zum Beispiel der Gier, dem Hass und der unbändigen Machtsucht, versinkt das Ichbewusstsein in der Stille und windet sich – bildlich gesprochen – in den Tränen ihres Alleinseins. Wenn man für den Körper keinen festen Halt finden kann, und ein dazu innerer Raum fehlt - wenn der Geist zugefüllt ist mit Neigungen, Schwächen und Beziehungen, mit Ängsten und Wünschen, mit dem Verlangen nach Vergnügen, Macht und Status, dann herrscht im Ichbewusstsein eine drangvolle Sehnsucht nach Befreiung.

Wieder zurück zur unserem Vergleich zwischen Gehirn, dem Denkzentrum von denkenden körperlichen Lebewesen und einem Computer. Natürlich benötigt so ein Gehirn als Denkzentzentrum eine umfangreiche Software - also zum Beispiel Anwendungsdateien. Das sind selbstverständlich die vielen Charaktereigenschaften, die das Erfassen von Daten der unterschiedlichsten Form, das gesellschaftliche und soziale Verhalten und das persönliche Handeln von Männern, Frauen und Kindern, die Funktionalität ihrer Organe und den Stoffwechsel steuern, organisieren, die Unmengen an vielfältigen Daten verarbeiten und abspeichern. Sie, also die Charaktereigenschaften, sind es selbstverständlich nicht allein, aber sie sind von weitreichender Bedeutung. Natürlich gibt es auch Menschen, um auf die vielen Kinder unserer lieben Mutter Erde Bezug zu nehmen, die sich nach einer gewissen Zeit ihres Denkens und Handelns nicht mehr nach den Inhalten, Vorgaben und der ablaufprozessualen, programmatischen Verfahrensweise der verschiedenen Anwendungsprogramme ausrichten. Solche denkenden, und sich selbst erkennenden körperlichen Lebewesen, also auch die Menschen auf den Planeten Erde, wagen sich selbstbewusst daran, entscheidende Veränderungen in ihrem Verhalten zu begründen. In der Computersprache nennt man das – benutzerorientierte Anwendung von Dateien und Programmen - die das eigene, selbstbewusste veränderte Denken und Verhalten fördern und zielstrebig ausrichten. Übrigens - ein ganz entscheidender Schritt in der Ausrichtung, Festigung und Formierung von Charaktereigenschaften.

Nur wenn körperlich denkende Lebewesen der höheren geistigen Ordnung, und vermutlich auch andere denkende körperliche Lebewesen, die die Gabe besitzen sich selbst zu erkennen, zu der Entscheidung kommen, sich in ihrem gesamten Verhalten und Denken zu verändern, ohne das es dabei einer physischen oder psychischen Beeinflussung bedarf, gleich welcher Art, werden sie sich in ihrem gesamten Verhalten verändern! Nur dann geschehen solche Entscheidungen konsequent und vor allem nachhaltig. Ein Beispiel dazu –

Wenn ein Mann, eine Frau oder ein Kind für sich allein entscheidet keinerlei Gewalt, welcher Art auch immer, anderen Personen zuzufügen – also, nur als Beispiel - zu töten, zu verprügeln und zu vergewaltigen, werden sie es tun. Keine noch so strenge Gesetzgebung, das solche Delikte unter Strafe stellt, kann das so nachhaltig beeinflussen, wie der eigene unverrückbare Entschluss den ein Mann, eine Frau oder sogar ein Kind für sich selbst festlegt – das ist so! So eine Entscheidung gilt grundsätzlich und ist auf Dauer angelegt. Diese wesentlichen Veränderungen im Handeln und Denken geschehen in einem engen Kontext, und in einem unablässigen Informationsaustausch zwischen dem Gehirn und dem Ichbewusstsein. Selbstverständlich führt das zu Veränderungen in den geistigen Inhalten und im Energiehaushalt unseres Ichbewusstseins, das in letzter Konsequenz mit dazu beiträgt, den Weg in die Ewigkeit zu bestimmen, auszurichten und zu gehen. Was das betrifft, lässt sich wiederum ein geeigneter Vergleich zum Computer herleiten. Auch die unterschiedlichen Daten in einem Computer, also zum Beispiel Text- oder Bilddaten mit ihren Inhalten benötigen voneinander abweichende Energieanforderungen und führen zu unterschiedlichen Energiehaushalten. Apropos Energie! Ohne eine entsprechende Hardware, das ist einmal das Gehirn als körperliches Organ, und selbstverständlich auch die Vielzahl von Nervenbahnen für die Weiterleitung von Impulsen, funktioniert die Software auch nicht. Bleibt die notwendige Energieversorgung. Diesbezüglich muss ja mit Hilfe des Stoffwechsels im Körper dafür gesorgt werden, dass die erforderlichen Energien durch Umwandlung von dafür geeigneten Stoffen auch durchgeführt werden kann.

Stirbt der Körper eines denkenden Lebewesen, gleich in welchem Alter und durch welche Art und Weise, kann die Hardware, also das Gehirn, nicht mehr weiter existieren. Alle gespeicherten Denkprozesse und Daten, die ja in der Hardware gut verwahrt wurden, erlöschen vollständig und für immer. Natürlich nur insoweit sie nicht in energetischer Form gespeichert wurden. Energie kann ja nach dem Energieerhaltungsgesetz nicht verloren gehen., Was von dem inhaltsreichen Geistes – und Gedankengut nach dem körperlichen Tod bleibt, ist der Informationsfluss mit seinen gesamten Inhalten, also die Daten, die das Denkzentrum im Gehirn während der körperlichen Lebensspanne dem Ichbewusstsein energetisch zuführte, beziehungsweise sich das Ichbewusstsein aus dem Gehirn abholte, und damit den Energiehaushalt des Ichbewusstseins individuell unterschiedlich beeinflusste. Die Quantität und die Qualität des Energiehaushaltes bestimmen den Weg, den das Ichbewusstsein gehen wird." „Ehrlich gesagt, "ES", ich kann mich in diese Thematik nicht so leicht und unbefangen hineindenken!" „Liebe Estrie, für mich ist das auch nicht so einfach zu erklären. Ich bin sicher, es wird dir mit der Zeit gelingen, dass wie eine Selbstverständlichkeit zu beurteilen. Also, weiter mit unserem Thema, auch wenn es, zugegeben, nicht einfach zu verstehen ist.

Das Ichbewusstsein lebt ja nicht körperlich im Kopf eines denkenden körperlichen Lebewesens. Es umgibt es wie eine Energieblase. Jedenfalls kann man sich das so ungefähr vorstellen. Eines ihrer Aufgaben ist es, den Austausch von Informationen einerseits, und das Bereitstellen von Anwendungsprogrammen für das Gehirn als Arbeitsspeicher andererseits, zu gewährleisten. Dazu gehören auch, wie bereits gesagt, die Charaktereigenschaften, die einen wesentlichen Teil des Verhaltens, Denkens und Handelns steuern. In ihm, also dem Ichbewusstsein, sind die Systemprogramme und andere wesentliche Dateninhalte zur Steuerung des Datentransfers, um bei der Computersprache zu bleiben, durch die Schöpfung bereits angelegt und eingebettet. Die Art und Weise wie Männer, Frauen und auch Kinder mit den ihnen zur Verfügung gestellten Anwendungsdateien umgehen, wird im Ichbewusstsein gespeichert und führt natürlich zu wesentlichen Veränderungen des Energiehaushaltes in ihm selbst."

„Entschuldige, „ES", das ist mir jetzt doch etwas zu kompliziert. Könntest du das bitte etwas verständlicher erklären?" „Gut, liebe Estrie, ein Beispiel dazu. Na, wie sich das mit solchen Vergleichen verhält, weißt du ja. Den Kern der Sache trifft es allerdings immer. Also, hör zu!"

Ein noch junger Mann, der bereits relativ sanft vom ungezügelten Ergeiz befallen wurde, spielt regelmäßig Lotto, allerdings ohne nennenswerten, finanziellen Erfolg bis zu einem denkwürdigen Samstag, eine Woche vor seinem Geburtstag. Wie immer an so einem Tag geht er zur Lottostelle, gibt seinen Kontrollschein ab und wartet auf die jedes Mal zu hörende Antwort – „Ihre Zahlen haben leider keinen Gewinn erzielt!"

Stattdessen winkte ihm die Lottoangestellte mit ihrem gekrümmten Zeigefinger etwas näher zu sich, und flüsterte ihm leise zu, so dass es die hinter ihm stehenden Kunden nicht hören können – „Ich kann ihnen den Betrag leider nicht ausbezahlen!"

Für einen Moment kann er diesem, fast schon geflüsterten Satz, gedanklich kaum richtig folgen und fragt, etwas unsicher geworden nach, ob an seinem Lottoschein eventuell irgendetwas nicht stimmen würde? Die Lottoangestellte schüttelt nur leicht mit dem Kopf, lässt ihn anschließend einige Belege ausfüllen und drückt ihm zum Schluss ein Heft in die Hand, indem er ja nachlesen könne, was und wie viel er gewonnen hat – und gewonnen hätte er. Bei dieser Feststellung nickt sie ihm noch freundlich zu und wendet sich dabei an den nächsten Kunden.

Gesagt getan! Der junge Mann setzt sich, völlig unbeeindruckt von dem Gehörten, in ein in der Nähe gelegenes Kaffee und denkt noch so belustigt – na, für einen Kaffee und ein Stück Kuchen wird ja wohl der Gewinn reichen. Beim Lesen der Gewinninformationen stellt er zu seiner großen Überraschung fest, dass er den Jackpot geknackt hat. Ein wohl gar seltenes Ereignis, das nicht jeden Menschen in seinem Leben zufliegt. Achtzehn Millionen EUR gewonnen. Eine Geldwährung, die sich auf den Planeten Erde bezieht. Heiliger Christophorus, denkt der junge Mann schon leicht erregt, da wird bei der Überweisung des Betrages mein Konto eine ganz erhebliche Delle abbekommen – achtzehn Millionen, die wiegen eine ganze Menge.

Soweit die Geschichte! Was geschieht mit der Gedankenwelt im menschlichen Gehirn in so einem vom Glück geküssten Mann? Um auf dem Planeten Erde zu bleiben. Vermutlich mehr, als vom Kuss seiner Freundin. Es erwachen mit schnell ansteigender Intensität ganz bestimmte Charaktereigenschaften zu lebhafter Aktivität. In so einem Fall besonders die Gier, der Machtrausch und die Habsucht. Die ansteigenden Energiepotentiale zu diesen Charakterzügen sind leicht an verschiedenen Stellen des menschlichen Körpers messbar – Puls, Blutdruck, Gehirnströme - um nur wenige davon zu nennen.

Je intensiver sich der Mensch mit einer bestimmten Charaktereigenschaft beschäftigt, oder sich von ihr einfangen lässt, hier besonders gemeint – von der Gier, dem Hass aber auch von der Liebe, umso mehr wird der Energieinhalt in seinem Ichbewusstsein beeinflusst. Die Intensität, als auch die Art der Energie, bestimmen systemisch und nachhaltig den energetischen Weg, den das Ichbewusstsein nach dem Tod des Körpers gehen wird. Damit beurteile ich die unterschiedlichen Energieinhalte nicht ausschließlich nach guter oder böser Energie – nach guten und bösen Eigenschaften – nein, bestimmt nicht! Außerdem wäre es auch unsinnig, sie als solche so zu definieren. Wir beurteilen die Energie nach ihrer Verwendung und nicht nach irgendwelchen Glaubensvorstellungen. Liebe Estrie, lass dir das etwas ausführlicher erklären."

Die gute und die böse Energie

In der Welt ist im Grunde des Guten so viel wie des Bösen; weil aber niemand leicht das Gute erdenkt, dagegen jedermann sich einen großen Spaß macht, was Böses zu erfinden und zu glauben, so gibt's der favorablen Neuigkeiten so viel.

Johann Wolfgang von Goethe

Es gibt grundsätzlich keine gute oder böse Energie. Der Gebrauch, also zu was nutzen wir die Energie? Das bestimmt ihre Eigenschaften. Nur ein praktisches Beispiel dafür. Mit der Kernenergie haben die denkenden körperlichen Lebewesen der höheren geistigen Ordnung die Möglichkeit, ihre Unterkünfte besonders schön warm zu gestalten aber – eben! Sie könnten sich natürlich auch damit als Spezies gewaltsam auslöschen. Denke bei diesem Vergleich, liebe Estrie, an den Untergang der Zivilisation vom Planeten Venus, dann weißt du, was ich damit zum Ausdruck bringen möchte.

Bei Personalreligionen und Sekten lesen und hören wir häufig Behauptungen, wonach der geistige Inhalt von Seelen nach gut oder böse beurteilt wird. Das kann man so nachlesen, ist aber purer Unsinn. Sie gebrauchen solche Schlagwörter, um die Verstorbenen nach ihrem Tod entweder in die Hölle, oder in den Himmel befördern zu können. Würden sie auf solche Behauptungen verzichten, wäre es mit der Hölle und dem Himmel vorbei. Nein! Der energetische Inhalt und die Eigenschaft dieses Energiepotentials kann nur nach der Wissenschaft des folgerichtigen Denkens beurteilt werden. In der materiellen Welt kennen wir viele voneinander abweichenden Energieformen – nur ein paar Beispiele dazu: kinetische Energie, Wärmeenergie, chemische Energie, Bioenergie, elektrische Energie und viele andere mehr. Kein Mann, keine Frau und kein Kind kämen auf die Idee, sie in gute oder böse zu unterteilen. Es ist nicht eine Frage der Energieform, sondern ein Frage wie man mit ihr umgeht – wie man sie nutzt. Das, liebe Estrie, entscheidet jedes körperlich denkende Lebewesen der höheren geistigen Ordnung für sich allein."

„Konntest du mir bis hierher folgen, liebe Estrie?" „So leidlich, "ES", so leidlich! Ich versuch das mal mit meinen Worten wiederzugeben, „ES"." „Gut, ich hör dir gern zu!

Wenn ein Mensch, um wieder auf den Planeten Erde Bezug zu nehmen, in seinem Leben sich zunehmend von der Gier einfangen ließe - mal nur so als Beispiel, und schließlich, um sie unablässig zu befriedigen, vor keiner auch noch so menschenverachtender Handlung zurückschreckt – also mordet, plündert und raubt, baut er eine bestimmte Energieform mit einem entsprechenden Energiehaushalt auf, der letztlich seinen geistigen Weg dorthin führen lässt, wo gleiche Energiepotentiale sich im materiellen Universum eingebettet haben, oder sich frei bewegen. Und damit meine ich nicht, „ES", um mit deinen Worten zu sprechen – gute oder böse Eigenschaften. Verstehe ich das so richtig, "ES"?" „Aber ja! Das geistige Leben im materiellen Universum vollzieht sich doch nicht in einem glaubensbeherrschenden Himmelreich irgendeines erfundenen Gottes, sondern ist an energetische Prozesse gebunden.

Besser ist, wir verschieben diese Thematik auf einen anderen Tag. Bleiben wir vorerst bei unserem bekannten Thema. Bist du einverstanden, liebe Estrie?" „Entschuldige bitte, „ES", eine wichtige Frage hätte ich noch." „Was meinst du konkret?" „Wir beide sprachen oft vom Ichbewusstsein der Menschen und vermutlich gilt das auch für alle anderen körperlich denkenden Lebewesen der höheren geistigen Ordnung auf bewohnten Planeten, dass es eine direkte Zugehörigkeit, und eine existenzielle energetisch, geistige Verbindung zwischen dem menschlichen Gehirn und seinem Ichbewusstsein gäbe. Wir haben darüber ja schon ausführlich gespro-

chen. – Aber bitte, wo kommt so ein Ichbewusstsein her, wenn ein körperlich denkendes Lebewesen geboren wird? Könntest du mir das so erklären, dass ich es auch so leidlich verstehen kann, „ES"."
„Also gut, liebe Estrie, ich werde mich bemühen.

Das Ichbewusstsein und das menschliche Gehirn

Der Weg eines denkenden körperlichen Lebewesens der höheren geistigen Ordnung wird im Ichbewusstsein geschaltet.

Dietmar Dressel

Wie du dich möglicherweise erinnerst, sprachen wir einmal über die kleinsten Bausteine des Lebens und die der Materie. Soweit so gut!

In den kleinsten Bausteinen des Lebens sind alle Daten, wenn ich das so bezeichnen darf, gespeichert die erforderlich sind, um einen Menschen, um bei der Spezies unserer Mutter Erde zu bleiben, mit all seinen Organen und all den geistigen, energetischen Prozessen entstehen zu lassen. Das gilt besonders für das Gehirn. In ihm arbeiten bereits notwendige, geistige Anwendungsprogramme, die bestimmte ablaufprozessuale Vorgänge wie - nur so als Beispiel, die Arbeit des Herzens, die Atmung und Bereiche des Stoffwechsels gewährleisten, ohne das ein neugeborenes Kind ständig darauf achten müsste. Vergleichen kann man das durchaus wieder mit der Arbeitsweise eines Computers. Nur wieder so als Beispiel. Für das Öffnen eines Anwendungsprogrammes ist in den meisten Fällen nur ein geringer, von außen gesteuerter technischer Aufwand erforderlich. Im Hintergrund dieser Anwendung sind allerdings viele digitale, ablaufprozessuale Schritte erforderlich, damit der oder die Nutzer auf dem Ausgabegerät, zum Beispiel einem Bildschirm, mit solchen Programmen vernünftig arbeiten können. Nicht wesentlich anders verhält sich das im Gehirn. Dazu wieder ein praktisches Beispiel von vielen möglichen.

Die Steuerung der Atmung geschieht bei allen denkenden körperlichen Lebewesen durch ein Anwendungsprogramm, dass bereits in den kleinsten Bausteinen des Lebens implizit von der Schöpfung vorgesehen wurde. Das gilt übrigens für viele solcher Programme, die für die Aufrechterhaltung des Lebens von denkenden körperlichen Lebewesen existenziell notwendig sind. Ohne ihnen könnten sie nicht leben. Wenn die geistige, energetische Programmatik im Denkzentrum seine Impulse nicht mehr an die Atmungsorgane leiten könnte, weil möglicherweise Bereiche des organischen Gehirns, oder der Nervenbahnen physisch durch Krankheit oder Unfall zurstört wurden, würde die eigengesteuerte Atmung nicht mehr funktionieren. Sie könnte gegebenenfalls für eine befristete Zeit mittels Unterstützung von technischen Geräten aufrechterhalten werden. Möglich wäre das schon. Ein Dauerzustand, also für die Zeit der gesamten Lebensspanne dieser Spezies, ist das natürlich keine praktikable Lösung. Selbst dann nicht, wenn die Atmungsorgane unverletzt und völlig funktionstüchtig sein sollten.

Und noch ein praktisches Beispiel dafür, wie die in den kleinsten Bausteinen des Lebens implementierte digitale Programmatik auf die Individualität des Lebens von denkenden körperlichen Lebewesen abgestimmt ist.

Auf einigen von mir besuchten Planeten, deren Bevölkerung bereits vom technischen Fortschritt eifrig Gebrauch macht, konnte ich erkennen, dass die dort lebenden Männer, Frauen und Kinder eine beachtliche Lebenserwartung für ihren Körper erreichen. Dafür ist allerdings auch ein beträchtlicher materieller und finanzieller Aufwand erforderlich. Das ist die Kehrseite des Erfolges, den eine Gesellschaft dafür zu erbringen hat. Zurück zur Lebenserwartung. Ein passendes Beispiel dafür.

Sollte es sein, dass die programmatische Steuerung von lebenswichtigen Organen bei Männern, Frauen und Kindern völlig intakt wäre, allerdings dafür, bedingt durch Alterserscheinungen, Unfall oder Krankheit, ein lebenswichtiges inneres Körperorgan, trotz aller medizinischen und medikamentösen Bemühungen nicht mehr funktionstüchtig sein wird, bemühen sich personelle Bereiche der Ärzteschaft mittels Organtransplantation, von plötzlich zu tote gekommenen Männern, Frauen oder Kindern, ihre Organe in solche kranke Personen zu verpflanzen, deren eigene Organe nicht mehr funktionsfähig sind.

Das hört sich fürs Erste, so es ohne Schwierigkeiten und erheblichen Einschränkungen möglich wäre, vorerst recht hoffnungsvoll an, was es allerdings nicht ist. Auch nicht sein kann. Und das nicht ohne einem besonderen Grund. Die digitale Steuerung der körpereigenen Organe von körperlich denkenden Lebewesen der höheren geistigen Ordnung mittels hochsensiblen energetischen Impulsen und Reizanregungen, ausgelöst durch digital gesteuerte Prozesse im Denkzentrum solcher Lebewesen, sind anwendungsorientierte, wie man in der Computersprache dazu sagt – aufeinander abgestimmte, prozessual gesteuerte digitale Abläufe. Anwendungsorientiert meine ich damit die operative Steuerung. Darunter verstehe ich, liebe Estrie, die optimale Funktionalität eines Organs in seiner gesamten lebensnotwendigen Wirkungsweise. Sie ist damit aufeinander präzise abgestimmt. Soweit so gut.

Wird nun mittels einer operativen Transplantation ein fremdes, gesundes Organ in einen kranken Körper eingepflanzt, kommt es zu funktionalen Störungen zwischen den reizauslösenden Impulsen und der physisch organischen Funktionalität des körperfremden zu transplantierenden Organs. Es wird vom körpereigenen Gehirn, also dem Denkzentrum, wie etwas Fremdes beurteilt und mit anderen digitalen Reizen und Impulsen angesteuert was dazu führt, dass sich das Denkzentrum mit allen verfügbaren Möglichkeiten „bemüht" dieses fremde Organ aus dem körpereigenen Kreislauf auszuschließen. Nur mittels sehr wirkungsvoller Medikamente gegen diese Bemühungen des Denkzentrums, ist dieser Prozess für eine gewisse Zeit zu verzögern. Wirklich aufzuhalten ist dieser abstoßende Verlauf nicht. Der betroffene und kranke Patient, der sich in der Hoffnung wiegen mag mit einem fremden Organ an einem Alterstod zu sterben, wird relativ schnell feststellen müssen, dass das nicht zu verwirklichen sein wird. Schon allein die Medikamente, die er täglich zusich nehmen muss, damit das fremde Organ noch eine gewisse Weile in seinen Körper funktioniert kann, schaden seinem Körper erheblich und führen über kurz oder lang zum Tod. Noch ein praktisches Beispiel zum Thema Systemsteuerung des Körpers und seine Reaktion auf nicht gewollte Einflüsse.

Es gibt Bevölkerungsgruppen auf einigen bewohnten Planeten, jedenfalls soweit ich das beobachten konnte, die nehmen so genannte Genussmittel zu sich in dem Wissen, dass sie hoch toxisch, also giftig und damit sehr gefährlich für den Organismus eines denkenden körperlichen Lebewesens sind. Je nach bestimmten Mengen, die solche Männer oder Frauen zu sich nehmen, können sie zum Tode führen.

Nehmen wir wieder Bezug auf den Planeten Erde. Viele Menschen, wie sie sich selbst auf dieser schönen blauen Kuller bezeichnen, nehmen täglich eine mehr oder minder große Menge von so genannten Genussmitteln zu sich. Ohne auch nur ansatzweise damit beurteilen zu wollen, inwieweit es solchen Personen bekömmlich erscheinen mag oder nicht. An der Reaktion bestimmter Organe, hier meine ich besonders den Kopf mit seinem Gehirn und Teilen des Verdauungstraktes, ist bei der Aufnahme von toxischen Genussmitteln bei den Betroffenen unschwer zu erkennen, welche fatalen Folgen das in den Körper dieser genannten Spezies auslösen kann. In den kleinsten Bausteinen des Lebens ist ja bereits programmiert das, sollten solche toxischen Stoffe wie Alkohol in den Verdauungstrakt von Männern und Frauen gelangen - gleiches gilt natürlich auch im erheblichen Maße für Kinder, wird eine abstoßende Reaktion aus dem Bereich des Verdauungstraktes dieser betroffenen Personen nicht lange auf sich warten lassen. Der Verzehr von Giftstoffen durch körperlich denkende Lebewesen ist in den kleinsten Bausteinen des Lebens nicht vorgesehen. Und das aus gutem Grund. Also, was geschieht nach dem Verzehr solcher Giftstoffe. Der Magen, das erste Sammelzentrum von Stoffen, reagiert auf Alkohol so, dass diese giftigen Stoffe, mit allen anderen aufgenommen Stoffen, so wie sie in den Magen transportiert wurden, in umgekehrter Richtung schwungvoll den Magen umgehend verlassen sollen. Eine Schutzmaßnahme, die den Organismus von Männern, Frauen und Kindern vor Schaden bewahren soll. Auch hier wieder leicht erkennbar, die digitale Steuerung aus den kleinsten Bausteinen des Lebens über das Gehirn hin zu den Organen die es jeweils betrifft.

Blieben da noch die Vernunft und der Verstand, die in den kleinsten Bausteinen des Lebens auch die Funktion von alarmierenden Warnsignalen ihren Platz einnehmen. Das heißt, sie – diese Warnsignale - bemühen sich auf gedanklich, energetischer Basis der Systemprogramme im Ichbewusstsein, die Denkprozesse im Gehirn dieser von mir erwähnten Spezies so zu „beraten", damit möglicherweise das Denken, das Verhalten und das Handeln von Männern, Frauen und Kindern zumindest dazu führen sollte, über die eigenen Handlungsprozesse nachzudenken.

Ja gut, mit dem Verstand und der Vernunft ist das so eine Sache. Sie sind zwar grundsätzlich immer präsent, aber, eben aber! Mit dem „Aber" meine ich das „Zuhören" wollen darauf, inwieweit die Vernunft und der Verstand zum eigenen Handeln möglicherweise eine andere Auffassung vertritt, als das gebenenfalls bestimmte Charaktereigenschaften mit ganz erheblichem Nachdruck umsetzen wollen. Ganz praktisch gedacht. Die unangenehme Charaktereigenschaft „Suchtverhalten" schreit wie besessen nach bestimmten Stoffen, wohlweislich in dem Wissen, wie gefährlich sie für ihren Wirtskörper, also den eines Mannes oder der einer Frau, sein könnten. Und der Verstand und die Vernunft rät davon ab. Bleibt die Frage – wer gewinnt dieses Tauziehen. Soweit so gut.

Vergleichen kann man das wieder mit einem Computer. Fällt an so einem komplexen technischen Gerät ein Aus- oder Eingabegerät durch eine technisch bedingte Funktionsstörung oder Alterungsprozesse aus, kann man es nicht durch ein anderes Gerät gleicher Baureihe so ohne weiteres ersetzen. Auch in solchen Fällen sind einige digitale Programmanpassungen notwendig, damit die Systemprogramme die technischen Änderungen erkennen können und möglichst auch akzeptieren. Bei einem Computer ist das sicherlich technisch kein größeres Problem - er ist ja kein körperlich denkendes Lebewesen der höheren geistigen Ordnung.

Es soll in diesem Gleichnis ja nur verdeutlicht werden, dass in den kleinsten Bausteinen des Lebens ein auf das jeweilige Individuum bezogene Zusammenwirken von digitalen Prozessen und biologischer Funktionalität bereits von der Schöpfung vorgesehen und verwirklicht wurde.

Natürlich können körperlich denkende Lebewesen der höheren geistigen Ordnung sich bemühen in diese unabdingbar existierenden Prozesse mit ihren jeweiligen Kenntnissen einzuwirken, natürlich können sie das. Niemand im Universum würde und wird ihnen das untersagen. Das kommt gelegentlich auf bewohnten Planeten nur dann vor, wenn deren Bevölkerung von dogmatisch religiösen Machtstrukturen und dessen selbstgeschaffenen so genannten Göttern beherrscht wird. In solchen Fällen bestimmen diese allgewaltigen kosmischen Figuren, besser ich sage deren sterbliche Stellvertreter auf der Planetenoberfläche das Geschehen." „Apropos religiöse Machtstrukturen, ES". Bitte - wieso und warum wurde von der Schöpfung nicht dafür Sorge getragen, dass körperlich denkende Lebewesen der höheren geistigen Ordnung grundsätzlich bestimmte Handlungen, besonders wenn sich üble Charaktereigenschaften bemühen ihre verabscheuungswürdigen Gedanken auf die von dir genannten Spezies einwirken zu lassen, grundsätzlich nicht umsetzbar wären. Ich meine damit, dass von der Vernunft und vom

Verstand, die auf diese Spezies ja einwirken könnten, nicht nur ein Warnschild sondern ein Verbotsschild im Denkzentrum von Männern, Frauen und Kindern energetisch geistig das Handeln dieser Personen bestimmt! Das Leid, der Schmerz und ähnliche schlimme Folgen aus manch schrecklichen Handlungen dieser Spezies wären gar nicht erst möglich!"

„Du berührst mit deinen Gedanken einen sehr wichtigen Grundsatz der Schöpfung, liebe Estrie." „Entschuldige „ES", wieso Grundprinzip oder meinetwegen auch Grandsatz? Leid und Schmerzen ertragen zu müssen, nur weil es Männer und Frauen bei körperlich denkenden Lebewesen der höheren geistigen Ordnung gibt, die in ihrem Freudenrausch, oder was auch immer für abartige Bewegründe das unsagbar und verachtende Handeln gegen die eigene Art begründen mag, dieses Verhalten im wahrsten Sinne des Wortes genießen und selbstverständlich für gut und richtig empfinden. Das kann doch die Schöpfung wahrlich nicht wollen." „Ich kann sehr gut verstehen und fühlen, liebe Estrie, das so eine Grundsatzentscheidung, jedenfalls auf den ersten Blick beurteilt, nicht verständlich und vor allem nicht human erscheinen mag. Wenn die Schöpfung sich eine Beurteilung vorbehalten würde darüber, was gegebenenfalls für denkende körperliche Lebewesen der höheren geistigen Ordnung gut oder schlecht wäre, und auf dieser Grundlage sich der weitere energetisch geistige Weg eines Ichbewusstsein von Verstorbenen dieser Spezies richten würde, wie sollte das je praktisch zu lösen sein?" „Wenn du mich so fragst, „ES", wird es darauf vermutlich keine richtungsweisenden Antworten geben können. Bitte, „ES", was ist eigentlich, folgerichtig gedacht, generell gut oder böse bei denkenden körperlichen Lebewesen der höheren geistigen Ordnung auf bewohnbaren Planeten im Universum? Dabei nicht in Betracht gezogen die verschiedenen Lebensweisen der Völker die diese Planeten besiedeln.

Ich könnte, sollte ich die Schöpfung vertreten müssen – entschuldige bitte, „ES", es soll nur als Beispiel dienen, mit Sicherheit nicht beurteilen, was wirklich mit einem guten oder bösem Verhalten gleichzusetzen wäre? Wobei ich dazu gleich eine Frage anmerken möchte. Was also soll mit einem guten oder bösen Ichbewusstsein geschehen? Einen Aufenthaltsort für ein mögliches ewiges Leben wie den göttlichen Himmel, in dem Milch und Honig fließen sollen und eine finstere Hölle mit einem verheerendem Fegefeuer und so; solche absonderlichen und spleenigen Gebilde gibt es ja im Universum nicht. Bei religiösen Glaubensgemeinschaften ja, natürlich. In solchen religiösen Gruppierungen soll man ja auch glauben und nicht wissen wollen. Also, wie und wohin soll sich ein Ichbewusstsein im Universum bewegen wollen? Oder denke ich da etwas völlig Falsches, „ES"?"

„Soweit ich das in deiner Gedankenwelt erkennen kann, liebe Estrie, bevorzugst du die Physik und die Chemie als Fundus der Naturwissenschaften für deine Erkenntnisprozesse." „Das stimmt, „ES"! Wie ich damit allerdings gutes und böses Verhalten bei denkenden körperlichen Lebewesen der höheren geistigen Ordnung beurteilen soll um zu wissen, welchen Weg ihr Ichbewusstsein nach ihrem körperlichen Ableben gehen könnte, bleibt mir ein Rätsel und zwar ein sehr großes Rätsel.

Entschuldige bitte, "ES", das Thema mag sich eine Stelle in meinem Denkzentrum suchen wollen, aber mit dem Finden wird das so eine Sache sein. Ich verspüre jedenfalls erhebliche Zweifel, wenn du verstehen solltest wie ich das meine." "Lass gut sein, liebe Estrie. Ich erkläre dir an einem Gleichnis den Weg, den ein Ichwusstsein nach dem Tod eines Wirtskörpers von denkenden körperlichen Lebewesen der höheren geistigen Ordnung gehen wird. Wir werden uns dabei vermutlich etwas von unserem eigentlichen Thema gedanklich entfernen müssen, schon um einen passenden Raum in deinen Denkzentrum für die nicht ganz einfache Problematik über das Gute und Böse zu finden. Ich verspreche dir, wir kommen auf unsere eigentliche Thematik wieder zu sprechen. Also, liebe Estrie, lehn dich geistig zurück und hör zu.

Ich werde mich befleißigen, liebe Estrie, mich deinen Fragen zuzuwenden und mich dabei bemühen, verständliche und überzeugende Antworten zu entwickeln. Beginnen wir mit der Frage – „was also soll mit einem guten oder bösen Ichbewusstsein geschehen?"

Gut, „ES", ich bin bereit und überzeugt davon, dass wir gemeinsam auf der Grundlage des folgerichtigen Denkens und des rechten Handelns, konstruktiv miteinander darüber diskutieren werden." „Bedenke bitte, liebe Estrie, es sind nicht die Antworten die uns der Wahrheit näher bringen, sondern die Fragen, die sich bemühen sie zu finden. Also gut - fangen wir damit an, das zu besprechen, was dich am meisten gedanklich beschäftigt – die Frage nach „Wie" und dem „Wohin"! Oder etwas präziser formuliert – wie und wohin bewegt sich das Ichbewusstsein von einem denkenden körperlichen Lebewesen der höheren geistigen Ordnung, dessen Körper zu tote kam, gleich in welchem Alter und auf welche Art und Weise das geschehen sollte." „Ich kann gut verstehen was du sagst, „ES"! Für mich ist das wirklich ein sehr ernster und weitreichender Fragenkomplex und ich freue mich wirklich mit dir darüber diskutieren zu können. Inwieweit das in gleicher Weise – und das möglichst nicht glaubensorientiert, auf anderen besiedelten Planeten von der Spezies denkender körperlicher Lebewesen der höheren geistigen Ordnung möglicherweise diskutiert werden sollte, weiß ich natürlich nicht. Die verschiedenen Personalreligionen, jedenfalls die auf den Planeten Erde, bemühen sich ja ohne Unterlass und mit allem dogmatischen Nachdruck ihrer Glaubensdoktrin vom Leben nach dem Tod, die Verstorbenen in ein Himmelreich zu führen, das sie sich vor mehr als zweitausend Jahren – nach der Zeitrechnung der Erde - zusammenbastelten. Heute, um bei diesen Planeten zu bleiben - im so genannten Atomzeitalter, haben solche Glaubensdoktrin von Religionen und Sekten keinen Halt in der

Bevölkerung und versinken in das Bereich von Märchen und Mythen.

Die Menschen, verunsichert mit sich selbst, können bereits fühlen, dass das verschwenderische, materielle Leben nicht der eigentliche Zweck des Lebens sein kann. Möglicherweise gibt es auch Menschen auf diesen Planeten Erde, für die es den Sinn ihres Lebens erfüllt - warum nicht!

Trotzdem bleibt es ein sehr ernst zu nehmendes Anliegen nicht nur von uns Geistwesen, sondern vermutlich aller denkenden Lebewesen im Universum, gleich ob sie körperlich oder geistig leben. Oder irre ich mich, „ES"?"

„Nein, liebe Estrie! Die Fragen, die das Leben unmittelbar berühren sind von grundsätzlichem Sinngehalt, weil sie das materielle Leben und das Leben nach dem Tod aller denkenden Lebewesen mit einbezieht.

Auf allen bewohnten Planeten im materiellen Universum kann man das problemlos feststellen. Vor allem dann, wenn bereits ein fundierter, allgemein bildender Wissensstand in der dort lebenden Bevölkerung erreicht wurde, der die Haltlosigkeit von Glaubensdoktrin der verschiedenen Personalreligionen und Sekten täglich vor Augen führt. Die Menschen, um auf dem Planeten Erde zu bleiben, wollen sich nicht mehr so ohne weiteres mit Märchen aus dem Bereich von irgendwelchen Göttern, deren Himmel und Hölle geistig abspeisen lassen, sondern sie sehnen sich nach der Wahrheit. Selbst wenn die umfassenden Erkenntnisse des folgerichtigen Denkens aufzeigen würden, dass es kein Leben nach dem Tod geben würde. Gleich wie und in welcher Art und Weise es gegebenenfalls existieren sollte. Bliebe allerdings dafür der Zufall der Evolution von Mutter Natur übrig, die es ermöglicht, das körperliche Leben auf einen bewohnbaren Planeten für eine begrenzte Lebenszeit genießen zu können - nicht mehr und nicht weniger! Denn so eine materielle Kuller wie ein Planet lebt ja nicht ewig und ist abhängig von der Lebenszeit einer Sonne, ohne deren Wirken biologisches Leben nicht entstehen und existieren kann.

Sie wollen es wissen – diese körperlich denkenden Lebewesen der höheren geistigen Ordnung. Und bei ihren berechtigten Fragen darauf hoffen, nicht belogen zu werden."

„Gut das du das so treffend zum Ausdruck bringst „ES". Also - wie kommt das Ichbewusstsein eines körperlich Verstorbenen in eine andere, in eine geistige Welt, „ES"? Ich weiß, das ist sicherlich keine leichte Frage. Nur so als Beispiel - es gibt Menschen, um auf den Planeten Erde zu bleiben, die müssen unverhofft sterben, obwohl sie es zu dem Zeitpunkt wo es geschieht überhaupt nicht wollen. Viele Menschen ereilt der Tod in einem unterschiedlichen Lebensalter. Oftmals schon als Baby oder als kleines Kind. Wie finden sie so plötzlich den Weg in die Welt in der wir sind „ES"? Ich kann mir diese Frage nicht plausibel beantworten. Obwohl ich es gern tun würde, so ich könnte."

„Gut, liebe Estrie, ich vermute natürlich wo dich der Schuh drückt, so sagt man ja zu einem schwer erklärbarem Sachverhalt auf der Erde, wenn ein Mensch Sorgen hat, und nicht weiß wie er mit ihnen umgehen soll. Mach es dir gedanklich bequem, und hör einfach nur zu. Solltest du nicht gleich alles verstehen, unterbrich mich bitte." „Keine Sorge, „ES", das mach ich!"

Bei der Thematik über den Weg in die Ewigkeit bleibe ich bei der Spezies Mensch vom Planeten Erde. Ich kann das verantworten, weil es bei körperlich denkenden Lebewesen der höheren geistigen Ordnung auf anderen Planeten nicht wesentlich anders geschieht. Natürlich gibt es auch andersartige Wege in die Welt des ewigen geistigen Lebens vorallem dann, wenn denkende körperliche

Lebewesen der höheren geistigen Ordnung in einer völlig fremdartigen materiellen Welt existieren. Das Thema, liebe Estrie, sollten wir uns für einen späteren Zeitpunkt aufbewahren. Ich komme bestimmt darauf zurück. Es hat, wenn ich das so sagen darf, ganz sicher seine erkenntnisreichen Reize. Wieder zurück zum Planeten Erde.

Aus der Geschichte der Menschheit wissen wir bereits von unserer lieben Mutter Erde, dass es immer wieder Bestrebungen gab und noch gibt, die vielen Männer und Frauen, gleich welchen Alters, in bestimmte Gruppierungen und Zusammensetzungen einzuordnen, die vergleichbare Denk- und Verhaltensmuster aufweisen um daraus ein konkretes Anforderungsprofil zu erstellen. Was will ich damit zum Ausdruck bringen?

Besonders kluge und ausgefuchste Köpfe beobachteten eine zeitlang sehr aufmerksam die erkennbare Sternenlandschaft am sichtbaren Nachthimmel, und formten aus einer scheinbar zugehörigen Anzahl von einzelnen Sternen, bestimmte optisch wahrnehmbare und erkennbare Gebilde. Natürlich mussten sie dafür die Sterne nicht am Himmel herumschieben, was ja nicht möglich wäre. Nein, es ergab sich aus den vielen und bereits bestehenden Sternenkonstellationen. Sie mussten sie nur suchen, und entsprechend mit einem Namen versehen. Also zum Beispiel – Stier, Wassermann, Jungfrau - um nur einige von diesen bizarren kleinen Sternenbildern zu nennen die alles „Mögliche" nur keine Ähnlichkeit mit den ihnen zugeordneten körperlichen Figuren aufweisen konnten, die sich hinter den Namen verbergen sollten.

Der Zweck für die gesamte Arbeit des Vorhabens bestand darin, die unterschiedlichen Verhaltensweisen, also die Art wie jeder Mensch ob Mann, Frau oder Kind von seinen Charaktereigenschaften beeinflusst und geführt wird – also praktisch und geistig in seinem alltäglichen Leben handelt, in ein nachvollziehbares Verhaltensschema zu bündeln. Natürlich war das nur die Vorarbeit. Flugs entwickelten sich daraus verschiedene Berufsbilder, wie beispielsweise: Sternendeuter, Wahrsager, Kartenleser, Horoskopverkäufer und viele andere mehr davon, um damit bei den vielen Menschen ordentlich Geld abzuschöpfen. Warum die Menschen, ob Mann, Frau oder Kind, auf solchen Hokuspokus immer wieder hereinfallen, bleibt mir wohl ein ewiges Rätsel.

Ich möchte nicht weiter mit dir darüber diskutieren. Es hat für die Beantwortung unserer Fragen auch keine wesentliche Bedeutung. Ich möchte dir mit diesem Beispiel nur aufzeigen, dass man Menschen und natürlich auch viele andere denkende körperliche Lebewesen der höheren geistigen Ordnung auf den verschiedenen bewohnten Planeten nach bestimmten Kriterien ordnen und in einer gewissen Weise strukturieren kann. Es kommt halt darauf an, zu welchem Zweck diese Systematisierung gebraucht und ausgenutzt werden soll.

Das, liebe Estrie, zu erkennen ist sehr wichtig, um verstehen zu können, welchen Weg jeder Mensch nach seinem körperlichen Tod einmal gehen wird. Das Beispiel soll dich nur für das, was noch folgen wird, gedanklich vorbereiten.

Also, liebe Estrie - warum erzähle ich dir das alles. Weil in einer gewissen Weise – und das ist sehr wichtig, jedes denkende körperliche Lebewesen der höheren geistigen Ordnung mit seinen unterschiedlichen Charaktereigenschaften denkt und handelt, und sich der Energieinhalt seines Ichbewusstseins dadurch differenziert unterschiedlich ausbildet. Welche Energie erforderlich sein kann um bestimmte Gedankenprozesse zu binden, haben wir ja beide ausführlich besprochen – ist ja auch nicht besonders schwer zu verstehen. Die Frage nach dem Weg, den jedes Ichbewusstsein nach dem körperlichen Tod seines Wirtskörpers gehen wird, ist wirklich nicht einfach zu verstehen. An einem Beispiel aus der Naturwissenschaft

werde ich mich bemühen, dir das verständlich zu erklären. Wenn du im Fach Chemie immer aufmerksam zuhörtest, wird es leichter für dich sein, was ich dir verdeutlichen möchte auch zu verstehen."
„Keine Sorge, „ES", Chemie war eines meiner Lieblingsfächer."
„Sehr gut, Estrie – also, dann hör zu!"

Ein russischer und ein deutscher Wissenschaftler vom Planeten Erde stellten unabhängig voneinander in der zweiten Hälfte des neunzehnten Jahrhunderts alle chemischen Elemente nach bestimmten Kriterien, Kennzahlen und Verhaltensweisen in einer Tabelle dar. Selbst Elemente, die man noch nicht kannte und in der Übersicht eine weiße Stelle bildeten, waren so in ihrem Verhalten erkennbar. Man brauchte sie nur zu suchen."

„Ich kann mich gut an dieses Thema erinnern, und war von der Arbeit dieser beiden Wissenschaftler begeistert - wirklich, „ES"!" „Das ist gut, liebe Estrie, dann wird es dir nicht besonders schwerfallen, den gedanklichen „Sprung" aus dieser Ordnung der Elemente auf die unterschiedlichen Energieinhalte und Verhaltensstrukturen der Ichbewusstseine von Männern, Frauen und auch Kindern, um auf der Erde zu bleiben, zu wagen."

„Na, na – „ES", du wirst doch nicht denkende körperliche Lebewesen der höheren geistigen Ordnung den chemischen Elementen gleichsetzen wollen? Oder etwa doch?" Ich kann mir wirklich nicht vorstellen, dass – nur so als Beispiel, das Element Kohlenstoff denken kann, und Kohlenstoff ist ein Element." „Richtig, liebe Estrie! Aber lassen wir das vorerst beiseite. Unser Thema ist schon etwas schwieriger."

Das Materielle und das Geistige sind voneinander nicht losgelöst, weil wir alle in einem geschlossenen Kreislauf der Schöpfung leben. Nur wieder als Beispiel. Unabhängig von den Elementen Kohlenstoff, Wasserstoff und Sauerstoff als Hauptelementen des Grundgerüsts der so genannten Biomoleküle, kommen die Elemente Stickstoff, Phosphor, Schwefel, Eisen, Magnesium, Kalium, Natrium und Calcium in den Bausteinen des Lebens vor. Natürlich erkennen wir auch die Elemente - Chlor, Jod, Kupfer, Selen, Cobalt, Molybdän und einige andere Elemente vor, die ebenfalls von essenzieller Bedeutung, für die kleinsten Bausteine des Lebens sind.

Wieder zurück zum Verhalten eines Ichbewusstseins, sobald es sich von einem verstorbenen, denkenden körperlichen Lebewesen der höheren geistigen Ordnung lösen wird.

Die unterschiedlichen Wege, die solche körperlich denkenden Lebewesen als denkende Zweibeiner, wie man sie auch etwas salopp bezeichnen könnte, oder auch als geistige Lebewesen gehen, unterliegen grundsätzlich und ohne Ausnahme den Gesetzen des materiellen Universums. Dogmatische Glaubensvorstellungen von Religionsgemeinschaften darüber gehören in das Bereich von Märchen und Mythen. Den Weg, den ein Ichbewusstsein einmal „betreten" wird, kann man nur verstehen und sachlich nachvollziehen, wenn wir nach der Wissenschaft des folgerichtigen Denkens und nach der Wissenschaft des rechten Handelns uns dieser Aufgabe mit allem gebotenen Ernst zuwenden. Auch die Metaphysik, die sich unter anderem die Aufgabe stellt, die letzten Fraugen von denkenden körperlichen Lebewesen der höheren geistigen Ordnung, die Menschheit gehört natürlich ebenfalls dazu zu beantworten, wird uns dabei behilflich sein.

Der Weg zur Ewigkeit ist so eine fundamentale Frage, die für alle denkenden Lebewesen ihre Bedeutung hat. Sie wollen es wissen, natürlich wollen sie es wissen, weil die Zeit des inhaltslosen Schwafelns, der haltlosen Glaubensdoktrin und der dubiosen, himmlischen Scheingebilde vorbei ist. Am Beispiel des Periodensystems der Elemente lässt sich verständlich darstellen, wie das Ichbewusstsein von körperlich denkenden Lebewesen nach dem Tod ihres Wirtskörpers seinen Weg dorthin gehen wird, wo es sich energetisch und geistig inhaltlich einordnen kann.

Die Elemente im Periodensystem sind so geordnet, dass in der senkrechten Auflistung der Tabelle die darin aufgeführten Elemente viele Übereinstimmungen in ihren unterschiedlichen Reaktionen haben. Das gilt für alle acht Gruppierungen, die im Periodensystem der Elemente geordnet angelegt sind. Die waagerecht angeordneten unterschiedlichen Elemente bestimmen, etwas einfach formuliert, in welcher Art und Weise ihre Eigenschaften auf Veränderungen bezüglich ihres Energiehaushaltes reagieren, die Gruppenzugehörigkeit. Das verläuft von sehr schwachen, bis hin zu sehr heftigen Verhaltensweisen. Dazwischen befinden sich Elemente, die sowohl als auch reagieren können. Am Ende der Gruppierung, also in der achten Hauptgruppe sind Elemente angeordnet, die nur unter sehr extremen Bedingungen bereit sind zu reagieren, also möglicherweise andere Verbindungen mit anderen Verhaltensweisen einzugehen. Ich möchte es dabei bewenden lassen, liebe Estrie. Es reicht auch, um das, was ich dir dazu alles noch erklären möchte, zu verdeutlichen.

„Hast du bis hierher Fragen, liebe Estrie?" „Nein, „ES"! Ich unterbreche dich, wenn ich gedanklich nicht mitkomme!" „Also gut. Wie kann man das Ichbewusstsein von körperlich denkenden Lebewesen der höheren geistigen Ordnung, ähnlich wie bei Elementen im Periodensystem der Elemente, überhaupt energetisch und geistig ordnen, soweit man diese Begriffe dafür verwenden möchte."

Wie wir wissen, ist jedes körperlich denkende Lebewesen der höheren geistigen Ordnung, gleich auf welchem bewohnbaren Planeten im materiellen Universum es zu Hause sein mag, erstmal ein Unikat – und damit nicht gleich wie jeder andere denkende körperliche Zweibeiner, trotz seiner großen Anzahl wie zum Beispiel auf den Planeten Erde. Das ist unstrittig. Verwendet man bei der Unterscheidung nur die äußeren, sichtbaren Auffälligkeiten und Besonderheiten, ist das völlig korrekt. Ich erspare mir die vielen Unterscheidungsmerkmale, die sich aus dem äußeren Erscheinungsbild ergeben besonders zu erwähnen, die man dafür verwenden könnte um das zu begründen.

Völlig anders ist die Beurteilung von Unterschieden zu bewerten, wenn man sich das Denken, Handeln und Verhalten von körperlich denkenden Zweibeinern genauer betrachtet. Es fällt dabei nicht besonders schwer, sie danach einzuordnen.

Es gibt eine große Anzahl Menschen, um auf dem Planeten Erde zu bleiben, die sich in bemerkenswerter Genügsamkeit nur das nehmen, was sie zum Leben brauchen. Dabei achten sie sorgsam darauf, dass sie der Pflanzen- und der Tierwelt keinen Schaden zufügen. Sie bewegen sich so in ihrem gesamten Verhalten, damit sich um sie herum keine verbale oder nonverbale Gewalt breit machen kann, und auch permanente Angst die Menschen, mit denen sie zusammen leben, nicht belastet. Sie handeln uneigennützig, sehen und fühlen den Schmerz der anderen und helfen soweit es ihnen möglich ist. Sie tun es ohne dabei zu hoffen, dass ihr Verhalten erwidert wird. Ihr Handeln richtet sich grundsätzlich nach dem, was sie wirklich wollen. Für sie ist es ohne Bedeutung, welche Staatsform die Macht ausübt, oder in welchem geografischen Gebiet sie ihren Wohnsitz begründet haben. Sie fühlen sich eingebunden in einem geschlossenen System. Sie erkennen tief in ihrem Ichbewusstsein, dass ihr materielles Leben nur ein Teil ihres Lebens ist. Sie dulden für sich selbst keine Ausnahme von ihrem Verhalten und würden, so es sein müsste, dafür auch ihr körperliches Leben aufgeben.

Das sind denkende körperliche Zweibeiner, liebe Estrie, die in der Liebe tief und unverrückbar eingebettet sind. Würde ich einen

Vergleich zum Periodensystem der Elemente suchen, kämen hier Elemente der achten Hauptgruppe in Betracht. Wie du dich erinnern wirst, liebe Estrie, sind das Elemente die nur unter sehr extremen Bedingungen bereit sind sich zu verändern – wenn überhaupt! Sie fühlen sich sehr wohl dabei wie sie sind, und haben kein Verlangen sich zu verändern.

Denkende körperliche Lebewesen der höheren geistigen Ordnung, oder denkende körperliche Zweibeiner wie ich sie, etwas salopp formuliert auch hie und da bezeichnen möchte, die sich so und nicht anders verhalten - sich also ausnahmslos der Charaktereigenschaft der Liebe zugehörig fühlen und sich auch so verhalten, gehen ihren Weg in das Universum der Liebe und Vernunft. Ein Universum in dem die Materie, gleich in welcher Form, keinen Raum vorfindet. Wir sprachen über dieses Thema ja schon gemeinsam. In diesem Universum leben nur Geistwesen, die auf jegliche Form von materiellem Leben verzichten – ausnahmslos, und darin auch keinen Sinn ihres geistigen Lebens erkennen können. Dieses Verhalten hat sich in ihrem materiellen Leben auf einem bewohnbaren Planeten entwickelt, und im Zweck für ihr persönliches Leben unverrückbar gefestigt. Wo anders sollte das ja auch möglich sein.

Der Energieinhalt ihres Ichbewusstseins hat in ihrem materiellen Leben auf einem bewohnbaren Planeten ein solches energetisches Potential aufgebaut, dass einem Ichbewusstsein die Kraft gibt, auf dem Weg zum Universum der Liebe seinen endgültigen und ewigen, geistigen Lebensraum zu erreichen."

„Was geschieht mit denkenden körperlichen Lebewesen der höheren geistigen Ordnung, oder etwas genauer formuliert, mit Männern, Frauen und Kindern, die sich in ihrem materiellen Leben nicht der Kraft der Liebe nähern wollten und wollen, oder aus zeitlichen Gründen nicht konnten und damit möglicherweise die Erfüllung und den Sinn ihres körperlichen Lebens in der Anhäufung von allen möglichen materiellen Gütern, Leistungen und ideellen Werten zum Ziel setzen, „ES"?"

„In den ausgeprägten Charaktereigenschaften gibt es nicht nur die Kraft der Liebe, Estrie, sondern auch die schier unbändigen Kräfte der Gier, des Hasses, der Habsucht und des Machthungers – um nur wenige davon zu benennen. Ich möchte dir den Weg beschreiben, den ein Ichbewusstsein mit diesen ausgeprägten Eigenschaften gehen wird.

Natürlich entwickelt das Ichbewusstsein eines Mannes oder einer Frau, in wenigen Fällen auch das eines Kindes, die sich in ihrem Leben zielstrebig von der Gier und all ihren geistigen Erfüllungsgehilfen wie – nur wieder so als Beispiel – der Habsucht, dem Geltungsdrang, dem Machthunger, der Skrupellosigkeit und vielen solcher Eigenschaften mehr einfangen ließen, und davon einfach nicht mehr loskamen, oder nicht mehr loskommen wollte, entsprechende Energieinhalte, die sie nicht in das Universum der Liebe ziehen werden. Du erinnerst dich bestimmt noch an die Gespräche zu diesem Thema, liebe Estrie.

Dieses Verhalten, des sich ständigen Veränderns nach mehr und immer noch mehr, führt zu keiner Sättigung des Energiehaushaltes seines Ichbewusstseins. Diese energetische Sättigung ist allerdings notwendig um zu erkennen, dass es ein vollständiges Gesättigtsein in einer materiellen Welt nicht geben kann und nicht geben wird. Schon der Lebensraum von körperlich denkenden Lebewesen der höheren geistigen Ordnung, also Planeten mit ihrem geschlossenen Systemen, als auch der machtvolle Drang sich ständig unkontrolliert zu vermehren, lässt das nicht zu. Ein Herumreisen zu anderen bewohnbaren Planeten ist schon aus komplexen technischen Gründen, aus Gründen der Zeitdilation und aus der kurzen Lebensspanne von körperlich denkenden Lebewesen nur in einem sehr, sehr begrenzten Umfang möglich. Achtsam formuliert. Ich weiß was ich dazu sage, liebe Estrie!

Dieses Loslassen von der Gier nach materiellen Dingen durch eigenen Entschluss, nicht durch äußere Einflussnahme, öffnet den Weg für ein bewusstes Handeln in Liebe. Es ist ein Anfang, um nach dem körperlichen Tod in das Universum der Liebe gehen zu können. Das haben wir ja schon ausführlich behandelt.

Was also geschieht mit den Männern, Frauen und Kindern, die sich von der unbändigen Sucht nach einem ständig besseren, materiellen Leben nicht lösen können, oder nicht wollen - und dieses eigenwillige Verhalten für den Sinn ihres eigentlichen Lebens verstehen wollen? Für viele Menschen die so denken und sich so verhalten gibt es nur dieses Leben. Eine Existenz nach dem Tod, gleich wo und wie es sein sollte, halten sie für ein schönes Märchen, mehr auch nicht! Wer sollte ihnen diese Denkweise verübeln. Sie fühlen sich in diesem Verhalten mit all seinen Anstrengungen und Belastungen wohl und sehen keinerlei Notwendigkeit darin, ihr Handeln zu verändern. Das Risiko, dass der Planet, der ihnen dieses materielle Leben erst ermöglicht, das auf längere Zeit nicht erfüllen kann und sie möglicherweise durch veränderte Umweltbedingungen in der Atmosphäre und im Naturhaushalt als denkende körperliche Zweibeiner das nicht überleben werden, scheint dabei offensichtlich völlige Nebensache zu sein.

Auch in einer materiellen Welt, also im materiellen Universum müssen sich die unterschiedlichen energetischen Kräfte in einem stabilen Gleichgewicht verhalten, wenn es nicht zu gewaltigen Verwerfungen kommen soll, die – auch das ist möglich – das ganze Universum zerstören könnten. Der Energieinhalt eines Ichbewusstseins mag auf das Einzelne betrachtet gering erscheinen – schon möglich. Bedenkt man allerdings mit aller Gründlichkeit, dass allein auf dem Planeten Erde zur Jetztzeit jährlich ungefähr achtzig

Millionen Menschen sterben, und sich ihr Bewusstsein mit all seiner energetischen Struktur auf den Weg macht, ist das in seiner Gesamtheit betrachtet, nicht der Energieinhalt einer kleinen Autobatterie – ganz bestimmt nicht. Dabei ist die Erde nur eine von Millionen bewohnten Planeten im materiellen Universum. Damit die energetische Stabilität im materiellen Universum ausgewogen bleibt, existieren in diesem riesigen kosmischen Raum gewaltige Energiezentren. Auf der Erde sagt man dazu in Kreisen von Wissenschaftlern der Astrophysik, schwarze Löcher. Die unter anderem die Aufgabe haben, die unterschiedlichen Energieinhalte von bereits verstorbenen, körperlich denkenden Lebewesen der höheren geistigen Ordnung energetisch anzusaugen und den unterschiedlichen Energiebereichen zuzuordnen."

„Wenn ich das richtig verstehen soll, „ES", würde jedes einzelne Ichbewusstsein dieser Spezies, das nicht in das Universum der Liebe eingehen kann, in energetischen Zentren gespeichert und würde somit ihr individuelles Denken und Fühlen aufgeben müssen." „ Ja, liebe Estrie, das ist so. Ein Ichbewusstsein, das noch in materiellen Verhaltensweisen gefangen ist, kann im geistigen Universum der Liebe nicht existieren. Der Energieinhalt seines Ichbewusstseins ist, etwas einfach formuliert, noch in der Sturm- und Drangperiode verfangen, und mit dem unbändigen Willen zur ständigen Veränderung verbunden. Um das zu ermöglichen, ist es ständig bemüht etwas anderes zu sein oder zu werden als es bereits ist. Verstehst du, was ich damit ausdrücken möchte, liebe Estrie?" „Ich könnte mir gut vorstellen, dass das an dem ungesättigten Energiehaushalt eines Ichbewusstseins liegt, das immer und zu jeder Zeit bereit ist, einem anderen Ichbewusstsein von seinem Energiehaushalt etwas wegzunehmen, um selber stärker zu werden – oder, wenn das nicht möglich ist, sich mit einem anderen Ichbewusstsein und dessen Energiehaushalt zu verbinden auch wieder mit dem Ziel, mehr zu sein als es selbst ist. So lange sie noch als denkende körperliche Lebewesen existieren, wird das möglicherweise so ablaufen können. Verlässt das Ichbewusstsein seinen verstorbenen Wirtskörper, wird es von den Energiezentren im materillen Universum eingefangen und in eine andere, höhere energetische Ordnung eingebunden. Das Ichbewusstsein verliert dadurch seine Individualität für immer und wird möglicherweise bei höheren Aufgaben indirekt mitwirken können.

Was sollte ein Ichbewusstsein, das nur an die Erfüllung seiner materiellen Wünsche denkt, im Universum der Liebe in dem es keine Materie gibt, und auch nie geben wird. Könnte das so zutreffend sein „ES"?" „Sehr gut, liebe Estrie – wirklich sehr gut! Laß mich dazu noch ein paar Sätze sagen!"

„Wenn ein Ichbewusstsein den Weg in das Universum der Liebe geht, ist es frei vom Verlangen nach einem materiellen Leben. Erinnere dich an das Beispiel mit dem Periodensystem der Elemente. Hier gemeint die Elemente der achten Hauptgruppe." „Ist dann das Ichbewusstsein, das nicht in die achte Hauptgruppe des Periodensystem passen würde, um bei deinem Beispiel zu bleiben, verloren und – entschuldige bitte den Ausdruck – dümpelt in gewaltigen Energiefeldern nur so vor sich hin?" „Nein, liebe Estrie! Du hast ja eben dazu eine Möglichkeit aufgezeigt, wie so was ablaufen könnte. Ihr Energiehaushalt trägt auch dazu bei, die Energiestruktur des gesamten materiellen Universums zu beeinflussen. Laß dir das erklären!"

Das materielle Universum ist energetisch eingebettet im Universum der Liebe. Das materielle Universum hat natürlich ständig das Bedürfnis mit seinem Universum an Masse und Größe zuzunehmen. Das Universum der Liebe achtet ihrerseits nun sehr darauf, dass das materielle Universum es nicht zu heftig treibt, und beide miteinander möglichst gut auskommen. Rangeleien wollen beide möglichst vermeiden. Allerdings kommt es vor, zwar selten, dass die zunehmenden energetischen Kräfte vom Universum der Liebe, das materielle Universum energetisch gewaltig zusammenpressen. Nimmt das extreme Ausmaße an, kommt es zu einer gewaltigen Explosion, bei der sich das materielle Universum sehr schnell ausdehnt und dabei die notwendigen Massen - also Planeten, Sonnensysteme und Galaxien entstehen, die für das materielle Leben in seinem Universum wichtig sind. Die Wissenschaftler auf dem Planeten Erde bezeichnen solch ein gewaltiges kosmisches Geschehen als – Urknall.

Mach dir darüber keine Sorgen, liebe Estrie, wir leben ja in der Ewigkeit, und nach der Zeit die wir bräuchten um das alles zu erfassen, brauchen wir ja nicht zu fragen. So - jetzt aber weiter!"

Das materielle Universum schöpft seine Energien auch aus dem Zufluss jedes Ichbewusstseins, das sich im materiellen Leben wohlfühlte, und das Universum der Liebe gewinnt seine Energien aus den vielen Geistwesen, die in ihrem Universum ihre Heimat finden. Das materielle Universum, liebe Estrie, denke an die vielen Galaxien, Sonnensysteme und Planeten - bildet die eigentliche Voraussetzung dafür, dass sich überhaupt denkendes körperliches Leben der höheren geistigen Ordnung entwickeln kann.

Die denkenden körperlichen Lebewesen, oder denkende Zweibeiner wie ich sie hie und da auch bezeichne, haben die Wahl in ihrem körperlichen Leben auf bewohnbaren Planeten sich für das materielle Leben zu entscheiden, oder ihr Leben und ihr Verhalten in der Liebe zu suchen. Niemand, außer sie selbst, wird ihnen diese Ent-scheidung abnehmen. Das ist auch der entscheidende Unterschied zu vielen Sekten und Religionen, die den körperlich denkenden Lebewesen der höheren geistigen Ordnung eine Entscheidungsperson – sie nennen so was Gott - vor die Nase setzen, die letztlich, vermutlich in einem Casting vor einem Himmelstor darüber entscheidet, welchen Weg ein Mann, eine Frau oder ein Kind nach dem körperlichen Tod zu gehen hat. Hin zu einem so genannten kosmischen Himmel mit vielen hübschen Engeln und Jungfrauen, oder in die brennende Hölle mit dem bösen Teufel! Wirklich sehr witzig. Allein schon die Vorstellung, man kommt schon als verwesende Leiche, selbstverständlich mit Erlaubnis des Herrn in seinen Himmel an, und vor einem stehen die schönsten und verführerischsten Jungfrauen – na, ich weiß nicht!? Wenn man wenigstens darüber lachen könnte.

In einer geistigen, energetischen und materiellen Welt, geschehen alle ablaufprozessualen Prozesse auf der Basis von Naturgesetzen, die im Schoß der Schöpfung ihren Ursprung haben. Sie sind eingebettet in komplexe und geschlossene kosmische Systeme. Glaubensbehaftete dogmatische Behauptungen vom Leben nach dem Tod haben in so einer Welt keinen Platz. Sicher, als Märchenstunde für Kinder, oder um Menschen für bestimmte Zwecke zu missbrauchen und um die eigene Macht und das Geld zu mehren scheint es allemal zu reichen. Ich denke allerdings, dass die Zeiten für Sekten und Religionen sich mit wachsenden Erkenntnisprozessen dem Ende zuneigen wird.

Natürlich kennen die denkenden körperlichen Lebewesen der höheren geistigen Ordnung noch nicht alle Gesetzmäßigkeiten der Schöpfung, aber - sie bemühen sich darum sie zu erfassen. Ich beobachte immer wieder bei verschiedenen denkenden körperlichen Lebewesen, wie sie sich mit den ersten möglichen Gründen des „Seins" und der Wirklichkeit befassen. Der Weg, den sie dafür gehen ist mühsam und steinig, aber - es ist der richtige Weg. Sie gehen ihn nach den Gesetzen des folgerichtigen Denkens und des rechten Handelns.

Auch tiefgreifende philosophische Überlegungen zu diesem Thema tragen in bemerkenswerter Weise dazu bei, geistigen Stumpfsinn und - „das nicht wissen wollen" - konsequent zu überwinden. Nicht wesentlich anders verhalten wir uns als Geistwesen aus dem Universum der Liebe. Glaube mir, liebe Estrie, ich weiß was ich dazu denke und auch unmissverständlich sage.

Es kommt allerdings nicht selten vor, dass große Teile der Bevölkerung eines bewohnbaren Planeten die Gesetze des folgerichtigen Denkens mit Füßen treten. Wie meine ich das. Die Pflanzenwelt und erst recht die Tierwelt eines Planeten ist in ihrem Verhalten so strukturiert, dass keine einzelne Pflanze und keine Tierart für sich allein sich ungebremst vermehren kann. Alle Entwicklungsprozesse sind so aufeinander abgestimmt, dass alles Pflanzliche und Tierische sich einvernehmlich entwickeln kann. Einmal abgesehen von kosmischen Katastrophen, die einen Planeten treffen können und das Leben auf seiner Oberfläche für eine gewisse Zeit sehr beeinträchtigen können.

Völlig anders verhält es sich bei einigen Völkern im materiellen Universum, die in solchen geordneten biologischen Lebensprozessen nicht ihr Leben genießen wollen. Die Schöpfung gab ihnen für ihr Denken und Verhalten die Charaktereigenschaften mit, die in den kleinsten Bausteinen des Lebens eingebettet sind. Diese Spezies der denkenden körperlichen Lebewesen genießt im Sinn des Lebens ihr Dasein. Dabei erfüllt ihr körperliches Leben auf einem bewohnbaren Planeten einen bestimmten Zweck. Jedenfalls sollte es so sein. Diesen lebensrelevanten Unterschied in ihrem Verhalten und Denken scheinen die meisten Männer und Frauen dieser Spezies nicht wahrnehmen zu wollen. Wir haben über dieses Thema „Sinn und Zweck" des Lebens von denkenden körperlichen Lebewesen der höheren geistigen Ordnung ja bereits ausführlich diskutiert.

Als beratendes Korrektiv besitzen sie nicht nur die Charaktereigenschaften, sondern auch den Verstand und die Vernunft. Das bedeutet, wie ich das auch auf manchen bewohnten Planeten beobachten konnte, dass diese Spezies durchaus erkennen kann, dass die Bevölkerungszahl eines Planeten ausschlaggebend für die existentielle Lebensfähigkeit von denkenden körperlichen Lebewesen auf einen Planeten sein sollte. Sachlich ausgedrückt meine ich damit, dass sich die Anzahl der Bevölkerung dieser Spezies umgekehrt proportional zur Achtsamkeit der Vernunft verhält. Was sich von einem „Beobachter" außerhalb eines solch betroffenen bewohnbaren Planeten auch leicht feststellen ließe.

Um wieder auf die Menschen vom Planeten Erde Bezug zu nehmen bedeutet das praktisch beurteilt – du erinnerst dich bestimmt an unseren Diskurs zu diesem Thema – dass bei einer Bevölkerung von etwa zehn Milliarden Menschen, ablaufprozessual für das Leben miteinander beurteilt, Charaktereigenschaften wie Liebe, Achtsamkeit, Mitgefühl Bescheidenheit und ähnliche dieser Eigenschaften mehr, nicht von ausschlaggebender Bedeutung für ein menschliches und zwischenmenschliches Verhalten sind.

Warum ist das so? Der begrenze Lebensraum eines bewohnbaren Planeten, der ständig wachsende exorbitante Verbrauch der sowieso schon knappen Rohstoffe und Güter, fördert ungebremst die Charaktereigenschaften der Gier, des Hasses und der Habsucht in immenser Weise.

Damit das bei den Männern, Frauen und Kindern nicht so wahrgenommen wird und auch nicht soll, sorgen allerdings flächendeckende aufwendige mediale Informationszentren dafür, in den Denkzentren, also in den Gehirnen vieler Menschen den Eindruck zu verfestigen, dass dieses Denken und Verhalten der wahre Sinn des Lebens sei und nur in einer unbegrenzten Freiheit für jeden zu verwirklichen wäre. Dabei übersehen sie die Folgen dieses abartigen Handelns – übrigens, auch die Initiatoren so einer grenzenlosen Verschwendung die letztendlich, und das wird auch den so genannten wenigen Nutznießern so eines geistig leeren Lebens nicht vollständig entgehen, zum Untergang der Rasse Mensch, um auf den Planeten Erde zu bleiben, führen. Übrigens, liebe Estrie, ist das kein Zufall, oder ein Versehen der Schöpfung. Nein! Das wird allein verursacht von den vielen Menschen selbst. Da sie auch ein Ichbewusstsein haben, das ihr weiteres Leben bestimmen kann, wird dabei gern unter den berühmten Tisch gekehrt. Und warum? Weil es bei dem grenzenlosen „Prassen" von allem was auf dem Tisch der materiellen Fülle zu haben sein könnte, mit seiner warnenden Stimme der Vernunft nur stören würde.

Denkprozesse und die Trauer

Von allen Denkprozessen des Ichbewusstseins sind die über das Leid und zur Trauer die schmerzhaftesten.

Dietmar Dressel

Was bleibt? Ja, was bleibt? Es sind die geistigen Tränen, die im Bewusstsein von Männern, Frauen und Kindern die Gefühlswelt im Denkzentrum ihres Wirtskörpers suchen, aber nicht gefühlt werden wollen. Wie sollte ihnen die warnende und helfende Vernunft zu Hilfe kommen wollen, wenn sie ihren Rat vor lauter Tränen nicht in Worte fassen kann. Auch Tränen unseres Ichbewusstseins sind ein Warnsignal an die Spezies denkende körperliche Lebewesen der höheren geistigen Ordnung. Der Mensch ist davon nicht ausgenommen.

Jetzt, liebe Estrie, erstmal Schluss mit diesem Thema. Vielleicht kommen wir zu einem späteren Zeitpunkt wieder darauf zurück. Stehengeblieben waren wir bei der Thematik ob und inwieweit ein Computer ein denkendes körperliches Lebewesen ersetzen könnte? Du erinnerst dich bestimmt noch an das Thema zum kosmischen Fühlen. Lass mich dazu noch kurz ein paar Sätze sagen." „Danke für deine Überlegungen. Ich bin wirklich neugierig, wie du diese etwas skurrile Metapher beurteilen wirst.

Ausschlaggebend für die operative Funktionalität eines Körpers von denkenden Lebewesen ist die programmatische Steuerung aus System- und Anwendungsdateien, die in den kleinsten Bausteinen des Lebens bereits vorhanden sind und natürlich bei allen möglichen Handlungen der vielseitigsten Art durch ausgelöste Denkprozesse im Gehirn ihre praktische Anwendung finden und finden sollen. Eines der wichtigen Aufgaben des Denkzentrums, also des Gehirns ist es dafür Sorge zu tragen, dass die digitale Steuerung von Reizen und Impulsen so geschieht und geschehen soll, dass sie zur richtigen Zeit und am richtigen Ort im und am Körper von denkenden körperlichen Lebewesen der höheren geistigen Ordnung zur Verfügung stehen. Ohne Denkprozesse in Form von System- und Anwendungsprogrammen in allen Geräten die auf digitaler Arbeitsweise funktionieren und in der Praxis angewendet werden, als auch in allen ablaufprozessualen Denken, in allen Handlungen, Verhaltensweisen und geistigen Entwicklungen gleich welcher Art, ist das Denken als Ausgangspunkt unerlässlich. Das Denken steht am Anfang aller, ausnahmslos aller ablaufprozessualen Handlungen gleich welcher Art. Ohne Denkprozesse geschieht nichts! Da sie grundsätzlich auf energetischer Basis existieren, sind sie am Anfang allen Geschehens existent. Da Energie nach dem Energieerhaltungsgesetz nicht vernichtet werden kann, lässt sich unschwer daraus ableiten, dass das Denken der eigentliche Ausgangspunkt und die Triebfeder allen Handelns in einem Universum war, ist und ewig sein wird.

Damit nicht genug! Aus den kleinsten Bausteinen des Lebens entwickelt sich parallel zum menschlichen Körper auch sein Ichbewusstsein, das die von der Schöpfung vorgesehenen Systemdateien für die Zeit des materiellen Lebens auf einem Planeten bereithält. Unter anderem die Charaktereigenschaften.

Wieder ein Vergleich mit einem Computer. Solch einem technischen Gerät werden bei der Produktion, systemische Dateien eingearbeitet, die ein sinnvolles und praktisches Arbeiten mit ihm erst ermöglichen kann. Was letztlich jeder einzelne Anwender damit erarbeiten oder bearbeiten möchte, wird von der praktischen Nutzung und Ausführung unterschiedlicher Anwendungsprogramme bestimmt. Ich weiß, der Vergleich ist etwas arg holprig – trotzdem trifft er in gewisser Weise die Beziehung eines Gehirns zu seinem Ichbewusstsein. Es gibt auf der Erde religiös geprägte Vorstellungen dazu, dass die Seele eines Menschen nach seinem körperlichen Tod in ein anderes menschliches Lebewesen schlüpfen würde. Allein wenn man mathematisch mit so einem Unsinn umgehen würde, ist das nicht realistisch. Fakt ist, auch für einen Menschen der nicht zählen kann, dass ständig deutlich mehr Menschen geboren werden als sterben müssen. Den Behauptungen solcher Religionen folgend würde das bedeuten, dass irgendwo im Himmel Seelen gezeugt werden müssten, wenn jeder eine haben will – und vom Wollen kann natürlich nicht gesprochen werden. Ohne Seele, um bei dieser Bezeichnung zu bleiben, kann der Mensch weder körperlich noch als geistiges Wesen existieren.

Nein – liebe Estrie! Das Ichbewusstsein mit all seinen Inhalten ist bereits in den kleinsten Bausteinen des Lebens enthalten und entwickelt sich, so bald zwei menschliche Eizellen, die einer Frau und die eines Mannes zusammenkommen, damit ein neues körperliches und geistiges Leben entstehen kann.

„So viel zum Thema Ichbewusstsein! Hast du noch Fragen, liebe Estrie?" „Nein, „ES"!"

„Jedes denkende körperliche Lebewesen der höheren geistigen Ordnung auf bewohnbaren Planeten, also auch die Menschen, bestimmen für sich selbst allein, was und wieviel sie besitzen wollen und wie sie sich entscheiden, denken und handeln, um das auch praktisch zu realisieren. Das geschieht aus freier Entscheidung und Willensbildung.

Denn wie heißt es so zutreffend bei Jan J. Rousseau – „Die Freiheit des Menschen liegt nicht darin, dass er tun kann was er will, sondern, dass er nicht tun muss, was er nicht will." Wie recht er doch damit hat! Keine politischen, wirtschaftlichen, sozialen und kulturellen Einflüsse, gleich welcher Art, werden das auf Dauer verhindern können – keine!

Liebe Estrie, wir sollten es erstmal dabei bewenden lassen, Ich hoffe, wir beide haben uns bemüht etwas Licht in das Denken und Verhalten von denkenden körperlichen Lebewesen der höheren geistigen Ordnung zu bringen und auch zu fühlen, dass unser Ichbewusstsein den Schmerz des Leides kennt. Nur seine Tränen helfen daran nicht zu verzweifeln." „ Ein sehr liebevoller Satz ."ES". Er wird in meinem Denkzentrum seinen unverrückbaren Platz finden.

Wie du, so höre ich auch die geistigen Rufe unserer lieben Mutter Erde. Was hälst du davon, „ES", wenn wir sie besuchen?" „Das werden wir tun, liebe Estrie. Doch vorerst sollten wir uns für eine relativ kurze kosmische Zeit der Ruhe widmen." „Eine gute Idee von dir, „ES". Also dann, bis später."

Der Autor

Es kommt die Zeit, da rückt das 65. Lebensjahr in greifbare Nähe - endlich - denkt man erleichtert - in Pension. Soweit so gut! Es dauert nicht lang, und man feiert im Kreise der Familie den 66. Geburtstag und stellt dabei mit zunehmender Ungeduld fest, dass so ein Tag, mit seinen 24 Stunden, ziemlich lang sein kann.

Familie, Enkelkinder, Faulenzen, Reisen und gelegentliche botanische Experimente bei der Gartenarbeit reichen nicht mehr aus, um den Tag ein interessantes Gesicht zu geben - was tun? An dieser Frage kommt man nicht mehr vorbei, möchte man nicht den Rest seines Lebens auf der Couch und vorm Fernseher verdösen. Warum, so fragte ich mich, die vielen Gedanken und Ideen, die sich im Laufe eines Lebens gesammelt haben überdenken und - so möglich, schriftlich verarbeiten. Kaum sind solche Gedanken zu Ende gedacht, entwickelt sich dafür die notwendige Initiative - ein Literaturstudium muss her, denkt sich der Kopf, ohne an den Körper zu denken, der ist ja bereits 66 Jahre alt. Diese drei Studienjahre waren es, die mir zeigten, dass das kreative Schreiben kein dunkles Geheimnis bleiben muss, so man sich bemüht es zu lüften. Und noch etwas half mir sehr, das Schreiben ernsthaft anzupacken, das geistige in sich "Hineinhören" um mit dem Bewusstsein und seiner inneren Stimme Gespräche zu suchen.

Viele meiner Bekannten und Leser fragen mich, wie machst du das, in so kurzer Zeit so viele Bücher zu schreiben? Ehrlich gesagt, ich kann mir diese scheinbar einfache Frage nicht mal selbst beantworten. Ich glaube, es ist meine innere Stimme, die ständig mit mir diskutieren möchte. Und so fließen die Gedanken, wie von Geisterhand gelenkt, schon fast von allein in die Tastatur meines Computers.

Meiner Frau, meinen Kindern und Enkelkindern habe ich viel zu verdanken. Sie geben mir die Kraft und die Ruhe um zu schreiben. Und das ist es, natürlich nicht nur, was meine Gedanken, mein Bewusstsein und mein Weltbild nachhaltig so wohltuend inhaltsreich beeinflusst.

Das, was ich schreibe ist möglicherweise nicht immer leicht zu verdauen, soll auch nicht so sein. Ich möchte auch nicht der "Besserwisser" sein, oder Derjenige, der alles richtig und wahrhaftig beurteilt. Beileibe nicht - wirklich nicht, ganz ernstlich!!! Wenn es mir in meinen Romanen mit seinen unterschiedlichen Themen und Inhalten gelänge, Nachdenklichkeit zu wecken, aus der sich möglicherweise Fragen entwickeln, wäre ich ein glücklicher Schreiberling und Autor.

Denn sie sind es doch, die helfen, dass wir uns weiter entwickeln können. Und wer will schon in seinem Leben auf der Stelle treten? Das glaube ich nicht!!!

Bücher mit Inhalten wie bei Noah Gordon, (der Medicus) und Jostein Gaarder (Sofies Welt) beflügeln meinen Geist. Eigentlich bin ich ein typischer Zahlenmensch - beruflich geprägt, und liebe das Rationale - natürlich nicht nur! Was mich selbstverständlich nicht davon abhält, die Tiefen meiner Seele zu ergründen, das Glück und den Schmerz meines Herzens mit allen Fasern zu fühlen und der sehr, sehr leisen Stimme des Bewusstseins, wenn die Zeit dafür da ist, zuzuhören.

www.dietmardressel.de

Mehr Informationen unter
BoD Verlag
www.bod.de

Folgen Sie mir auf Twitter

Die DDR in den siebziger Jahren. Viele führende Politiker leben in Saus und Braus. Die Stasi und der Polizeiapparat sorgen mit den dazu passenden Einrichtungen für Angst, Terror und Gewalt, schlimmer als die Inquisition im Mittelalter. Die Denunziation der Menschen untereinander blüht in allen Farben, die Masse des Volkes bedient sich hemmungslos am Volksvermögen und verweigert zunehmend die Arbeitsleistung. Die Wirtschaftsleistung und die Staatsfinanzen werden nur noch durch den Verkauf von Menschen, und durch die massive, wirtschaftliche und finanzielle Unterstützung der BRD aufrechterhalten und abgesichert.
Der Untergang dieses Systems in der DDR ist bereits erkennbar, und viele Bürger sind verzweifelt auf der Suche, einen Ausweg für sich selbst und ihre Familien zu finden.
Zwei junge Menschen lernen sich kennen, verlieben sich und wollen ihr gemeinsames Leben in einem Land verbringen, in dem sie frei von politischen Zwängen sind. Was die beiden auf diesem sehr gefährlichen Weg erleben und erleiden müssen, ist die Hölle und das Grauen an sich. Verwundet und schwer verletzt an Seele, Geist und Körper, erreichen sie nur mit großen Mühen ihr Ziel.
Das Buch verspricht viel hochgradige Spannung, in einer Atmosphäre voller Liebe, Schmerz, Leid und Hoffnung.

Der Roman - „Eine Sprengmine zwischen Aufbruch und Freiheit" ist der zweite Teil vom Roman - „Ein Riskanter Aufbruch". Die Bundesrepublik Deutschland, inmitten Europas, erlebt seit vielen Jahren, wie andere Staaten in diesem Erdteil auch, Frieden, Wohlstand und die Freiheit der Gedanken. Was man vom anderen Teil Deutschlands - der DDR - nicht sagen kann. Direkt im Krieg ist sie nicht, aber das Land ist für seine Größe aufgerüstet und mental auf Krieg eingestimmt, schlimmer als eine Großmacht. Noch bedauernswerter ist der Zustand der Bevölkerung. Es herrscht Mangel an allem was die Menschen brauchen, und die friedlich etwas ändern wollen, oder voller Verzweiflung das Land verlassen möchten, werden entweder unmenschlich eingesperrt, gefoltert und gequält, oder durch Selbstschussanlagen, Minenfelder und Salven aus Maschinenpistolen getötet, zerfetzt oder schwer verletzt und verstümmelt.
Wenn in diesem Buch nicht ab und zu Seiten zu lesen wären, die dem Leser ein wenig Entspannung ins Gesicht zaubern, würden sie die eigenen Tränen fast ersticken, und die Schmerzen die sie mitfühlen, an den Rand der Verzweiflung bringen. Es fällt einem schwer, das alles beim Lesen zu ertragen, aber noch schwerer ist es, das Buch aus der Hand zu legen.

Deutschland zum Ende des achtzehnten Jahrhunderts. Zwei erwachsene Menschen, ein noch junger Mönch, und ein in die Jahre gekommener Bader, erleben hautnah und zum Teil selbst in den Handlungen eingebunden, eine Zeit, in der es den Menschen sehr schlecht ging, und die Gelegenheit zum Lachen auf einem engen Raum begrenzte.

Durch Krieg, der menschenverachtenden Raffsucht des Adels, der Kirche mit ihren Gesetzen, die jeden neuen Ansatz zur Verbesserung der Lebenslage der Menschen, sowohl materiell als auch ideell im Keime erstickten, und mit so genannten Gottesurteilen, dem Scheiterhaufen und der Folter durch die Inquisition, wurde den einfachen Menschen, besonders von denen auf dem Land, das Leben unsäglich schwer gemacht.

Gott hat ja die Menschen nicht des Leidens und des Sterbens wegen geschaffen - ganz sicher nicht! Die Oberschicht des Landes sperrt sich vehement gegen jede Art von geistigem und materiellem Fortschritt, es sei denn, sie sind einzig und allein die Nutznießer dieser Veränderungen.

Das Buch verspricht viel Spannung, in einer Atmosphäre voller - Schikanen, sadistischem Missbrauch des Glaubens, Angst vor

Folter und Todesqualen, Liebe, selbstloser Hilfe, unerträglicher Schmerzen, körperlichen Leides und zaghafter Hoffnung auf Besserung.

www.dietmardressel.de

**Mehr Informationen unter
BoD Verlag
www.bod.de**

Folgen Sie mir auf Twitter

Deutschland am Anfang des neunzehnten Jahrhunderts. „Der Medicus und die Nonne" ist eine frei erfundene Geschichte, und eine Fortsetzung des Romans - „Der Mönch und der Bader".

Der Roman ist ein Werk der Phantasie, und nicht ein Ausschnitt aus der wirklichen Geschichte. Von den erwähnten Personen lebten nur: Napoleon, der Herzog von Braunschweig. Marshall Davout, Graf Montgelas, Friedrich der Dritte - die Generäle: Hohenlohe, Rüchel und Kalckreuth. Friedrich von Schiller und Wolfgang Johann von Goethe.

Alle anderen Namen sind frei erfunden, und rein zufällig gewählt. Vieles von der Atmosphäre der Kriegsereignisse um 1806 ist verloren gegangen. Wo keine glaubhaften Aufzeichnungen vorhanden waren, habe ich meine Phantasie zu Rate gezogen.

Nikolas, der Mönch, erschüttert von dem kriegsbedingten, furchtbaren Leid der Menschen, kann dem Kloster nicht mehr dienen, versucht sein Glück im weltlichen Leben zu finden und trifft Hilde. Katarina, am Ende ihrer Kraft, sucht ihr Heil im Kloster, und hat den Wunsch Nonne zu werden. Zusammen mit Ferdinand, dem Medicus, erfährt sie das tiefe Glück der Liebe.

Das Schicksal will es so, dass sie eine andere Aufgabe erfüllen soll, die sie in Lynhart suchen muss.

www.dietmardressel.de

**Mehr Informationen unter
BoD Verlag
www.bod.de**

Folgen Sie mir auf Twitter

www.dietmardressel.de

Mehr Informationen unter
BoD Verlag
www.bod.de

Folgen Sie mir auf Twitter